키다리 아저씨

진 웹스터 지음 | 정홍택 옮김

소담출판사

정홍택

한국외국어대학교 영어과 졸업. 미국 세인트존스 대학원 수학.
연세대 행정대학원 고위정책과정 수료. 한국일보 기자, 월간 편집국장.
한국 영상자료원 이사장. 예술의 전당 총무, 운영국장 역임.
현 한국공연윤리위원회 가요음반 심의위원.
저서로 『미국말1, 2』『잡학사전1, 2』『낭만은 살아 있다』 등이 있다.

sodampublishingcompany

BESTSELLERWORLDBOOK 32

키다리 아저씨

펴낸날 | 1993년 1월 21일 초판 1쇄
       1996년 3월 15일 중판 1쇄
       2003년 7월 25일 중판 14쇄

지은이 | 진 웹스터
옮긴이 | 정홍택
펴낸이 | 이태권
펴낸곳 | 소담출판사
       서울시 성북구 성북동 178-2 (우)136-020
       전화 | 745-8566~7 팩스 | 747-3238
       e-mail | sodam@dreamsodam.co.kr
       등록번호 | 제2-42호(1979년 11월 14일)

ISBN 89-7381-032-4 00840
● 책 가격은 뒤표지에 있습니다.

www.dreamsodam.co.kr

Daddy Long Legs

Jean Webster

"귀여운 주디,
내가 키다리 아저씨라는 것을 짐작 못했어?"
그 순간, 모든 것이 번개처럼 스쳐 갔습니다.
오, 저는 너무나 바보스러웠지요!
조금만 신경을 써서 생각했더라면
알아낼 수 있었던 일이 수도 없이 많았는데.
저는 결코 명탐정은 못되겠지요?
키다리 아저씨, 아니 저비,
어떻게 부를까요?

Daddy Long Legs

차례

우울한 수요일

매월 첫째 수요일은 '진저리 쳐지는 우울한 날'이었다. 그날이 다가오면 불안으로 가슴 조여야 하고, 용기를 내어 참아야 하며, 지나간 후엔 될수록 빨리 잊어버리고 싶은 그러한 날이었다. 방과 마루를 구석구석까지 깨끗이 닦아야 하고, 모든 의자들도 먼지 하나 없도록 해야 하며, 모든 침대의 이부자리도 구김살 하나 없이 해야 했다. 97명이나 되는 어린 고아(孤兒)들에게 깨끗이 세수시키고, 머리를 빗겨 주고, 새로 풀 먹인 싸구려 무명 옷을 입히지 않으면 안 되었다. 97명의 고아들은 잠시도 가만히 있지 않아 일은 더욱 힘들었다. 또한 고아들에게 어떤 행동을 해야 하며, 후원회 이사(理事)들이 물어볼 때 "네, 그렇습니다."나 "아뇨, 그렇지 않습니다."로 대답하는 법을 가르쳐 주어야 했다.

그날은 정말 괴로운 날이었다. 제루샤 애버트는 가장 나이 많은 고아이기 때문에 불행하게도 이 일들을 해내지 않으면 안 되었다. 그러나 그날 이 특별한 첫째 수요일의 일과도 드디어 끝나게 되었다.

제루샤는 고아원에 온 귀빈들에게 대접할 샌드위치를 만들던 부엌에서 몰래 빠져나와 보통 때 늘 하던 일을 끝내기 위해 2층으로 올라갔다. 제루샤가 특별히 책임지고 있는 방은 F실인데, 그곳에는 일렬로 줄지어 놓여 있는 열한 개의 작은 침대에 세 살부터 일곱 살까지의 꼬마 열한 명이 누워 있었다. 제루샤는 아이들을 모아 놓고 그들의 엉클어진 옷을 펴 주고 코를 닦아 준 다음, 빵과 우유와 말린 자두 푸딩을 먹게 될 즐거운 30분 동안을 위해 신이 나 있는 그들을 질서정연하게 정렬시켜 식당으로 데리고 갔다.

그러고 나서 제루샤는 창문 옆 자리에 털썩 주저앉아 차가운 유리창에 얼굴을 갖다 대었다. 그녀는 그날 새벽 5시부터 내내 앉지도 못하고 이 사람 저 사람의 심부름을 도맡아 했으며, 신경질적인 원장한테 잔소리도 듣고 독촉도 받았다. 원장인 리페트 부인은 후원회 이사들이나 여자 손님들 앞에서는 조용하고 위엄 있는 태도를 보였지만 사람들의 눈이 없는 곳에서는 그렇지 않았다.

제루샤는 고아원의 경계를 표시하는 높다란 쇠 울타리 너머로 펼쳐진 얼어붙은 널따란 잔디밭을 바라보았다. 굽이치는 능선 아래로 넓은 땅을 가진 전원 저택들이 여기저기 눈에 띄었으며, 저 멀리에는 앙상한 나뭇가지 사이로 가운데 높이 솟아 있는 마을 교회의 뾰족탑들이 보였다.

그날이 끝난 것이다. 그녀는 그날을 상당히 손쉽게 치렀다고 생각했다. 후원회 이사들과 시찰 위원들은 고아원 내를 살펴본 다음 보고서를 읽고 차를 마셨다. 그들은 이제 가능한 한 빨리 자신들의 가정으로 돌아가 그들에겐 지겨운 존재들일 뿐인 고아들의 일을 한 달간 잊어버리려 한다.

제루샤는 창문에 기대어 고아원 정문을 빠져나가는 마차들과 자동차들의 행렬을 호기심 어린 눈으로 내려다보았다. 그것은 동경의 눈빛이었다. 제루샤는 상상으로 마차나 자동차 하나하나를 따라 언덕 기슭 여기저기에 자리잡고 있는 큰 저택들에 가 보았다. 그녀는 털외투를 입고 깃털로 장식된 벨벳 모자를 쓰고 자동차에 비스듬히 기대앉아 예사롭게 "집으로 가자." 라고 낮은 소리로 명령하는 자신을 상상해 보았다. 그러나 그녀의 공상은 저택의 문 앞에 다다르면서 깨지고 말았다.

제루샤는 상상력이 풍부한 소녀였다. 리페트 원장은 제루샤에게 조심하지 않으면 이 상상력 때문에 큰일을 저지르게 될지 모른다고 경고했었다. 그러나 상상력이 아무리 풍부하다 해도 그녀는 저택의 현관 안으로 들어가는 것을 결코 상상할 수 없었다. 제루샤는 호기심이 많고 모험을 좋아하지만 가엾게도 고아원이 아닌 보통 집에조차 들어가 본 적이 한 번도 없다. 그녀는 고아들로부터 괴로움을 당하지 않는 삶을 살아가는 다른 사람들의 일과를 도저히 상상할 수 없었다.

제—루—샤 애—버트
사무실에서
찾고 있어요.

빨리 가는 것이

좋을 것 같아요.

성가대원인 토미 딜론이 이렇게 노래를 부르며 2층으로 올라와 복도를 걸어오고 있었다. 그가 F실로 다가옴에 따라 노랫소리가 점점 더 크게 들렸다. 제루샤는 힘든 것을 참고 억지로 창문에 기댄 몸을 일으켜 다시 고통스러운 현실로 돌아왔다.

"누가 나를 불러?"

그녀는 근심 어린 말투로 토미의 노래를 가로막으며 물었다.

사무실에서 리페트 원장님이요.

그런데 원장님은 화난 것 같아요.

아─멘!

토미는 경건하게 읊조리면서 대답했는데, 심술로 가득한 말투는 아니었다. 마음이 괴팍해질 대로 괴팍해진 어린 고아라지만 화난 원장에게 꾸중을 들으러 불려 가는 누나에겐 동정심을 느낄 수밖에 없었다. 토미는 제루샤 누나가 가끔 그의 팔을 잡아당겨 코가 떨어져 나갈 정도로 아프게 닦아 주기도 하지만 그녀를 좋아했다.

제루샤는 더 이상 묻지 않고 나갔으나 그녀의 이마에는 두 줄의 주름이 생겨 있었다. '또 무엇이 잘못되었을까?' 하고 그녀는 생각해 보았다. 샌드위치가 너무 두꺼웠던 걸까? 호두과자에서 호두 껍질이 나온

건 아닐까? 여자 방문객 중에서 한 분이 구멍난 수지 호돈의 양말을 보기라도 한 걸까? 아니면 혹시 그녀가 맡은 F실의 어떤 철부지가 후원회 이사에게 버릇없는 말을 한 것일까? 그렇다면 큰일인데!

리페트 원장의 사무실은 아래층의 좁은 복도 한쪽에 있었다. 그 복도 끝에는 주차장으로 통하는 문이 있었다. 기다란 복도에는 아직 불이 켜져 있지 않았다.

제루샤가 어둔 계단을 더듬어 아래층으로 내려갔을 때 마지막으로 떠나는 후원회 이사가 주차장으로 통하는 문을 막 나가고 있는 모습이 보였다. 제루샤는 그 남자가 지나가는 모습만을 얼핏 보았다. 그 인상은 단지 그 남자의 키가 크다는 것뿐이었다. 그 이사는 손을 흔들어 구부러진 차도에서 기다리고 있는 자동차를 불렀다. 자동차가 움직이기 시작하여 문 쪽으로 다가오다가 잠깐 동안 환한 헤드라이트 불빛을 정면으로 비추어 건물 안의 벽에 그의 그림자를 선명하게 비추었다. 기다랗게 늘어진 다리와 팔의 그림자가 마루에서 복도의 벽 위로 기어 올라갔다. 그것은 꼭 휘청휘청 걸어가는 거대한 장님 거미(daddy long legs ; 이 말은 키다리라는 뜻도 된다.) 같아 보였다.

제루샤는 '쿡' 하고 웃음을 터트렸다. 근심으로 찌푸렸던 제루샤의 얼굴은 금세 웃는 얼굴로 변했다. 워낙 천성이 밝고 명랑하여 그녀는 아주 사소한 일에도 곧잘 웃음을 터트리곤 했다. 그런데 그토록 위압감을 주는 후원회 이사의 몸이 휘청휘청 흐느적거리는 모습이라니, 웃지 않을 수가 없었다.

원장 사무실로 향하는 제루샤는 이 하찮은 사건으로 기분이 다시 명랑해졌기 때문에 리페트 원장을 밝게 웃는 얼굴로 대할 수 있었다. 놀랍게도 원장 역시 웃음 띤 얼굴을 하고 있었다. 원장의 얼굴이 엄격히 말해서 웃고 있었다고는 할 수 없을지라도, 적어도 상냥한 표정은 하고 있었다. 원장의 얼굴 표정은 그녀가 손님을 대할 때 보이는 것과 거의 흡사한, 아주 유쾌한 표정이었다.

"제루샤, 앉거라. 네게 긴히 할 말이 있다."

제루샤는 바로 곁에 있는 의자에 앉아 숨도 제대로 못 쉬고 다음 말을 기다렸다. 자동차 헤드라이트 불빛이 창문을 잠깐 비추자 리페트 원장은 그쪽을 힐끗 보았다.

"지금 막 나가신 이사님을 보았겠지?"

"예, 뒷모습만 보았어요."

"그분이 바로 우리 고아원을 위해서 돈을 기부하시는 이사님으로 아주 유복한 분이시다. 그분이 자신의 이름을 알리면 안 된다고 말씀하셔서 나는 그분의 이름을 너에게 말할 수 없다."

제루샤의 눈이 조금 휘둥그레졌다. 그녀가 원장 사무실에 불려와 원장한테 이사의 이상한 성격에 관해 이야기를 듣는 것은 이것이 처음 있는 일이기 때문이다.

"그분은 우리 고아원의 몇몇 남자애들을 공부시켜 주고 계신 분이란다. 너도 찰스 벤튼과 헨리 프로이스를 기억하겠지? 그 애들은 모두 저, 아니 그 이사님께서 대학에 보내 주셨다. 그 애들은 열심히 공부하여 성공함으로써 학비를 대준 은혜에 보답을 했지. 그분은 그렇게 되기만을 바라고 계실 뿐 물질적인 보상은 원치 않으신다. 그런데 그분의 이와 같은 자선(慈善)은 지금까지는 남자애들에게 한정되어 있었어. 나는 우리 고아원의 우수한 여자애에 대한 자선을 여러 번 간청해 왔으나, 그분에게 여자애에 대한 관심을 갖게 할 수는 없었다. 말하자면 그분은 여자애를 좋아하시지는 않는 모양이다."

"네, 원장님. 그러신가 보지요."

제루샤는 중얼거렸다. 왜냐하면 이때쯤 한번은 말대꾸를 해 주어야 할 것 같았기 때문이다.

"오늘 회의에서는 너의 장래 문제가 논의되었단다."

리페트 원장은 잠시 말을 끊었다가 다시 느리고 낮은 목소리로 말을 시작하였기 때문에 갑자기 긴장하게 된 제루샤를 무척 궁금하게 만들었다.

"너도 알다시피 보통 우리 고아원에서는 열여섯 살이 되면 독립하게 되어 있지만 너에게는 예외를 인정했지. 네가 공부를 뛰어나게 잘했기 때문에 열네 살에 우리 학교를 졸업한 후 너를 마을의 고등학교에 보내기로 결정을 했었다. 물론 네 품행이 그리 좋았다고 말할 수는 없지만 말이다. 그리고 너는 이제 마을의 고등학교도 졸업했단다. 물론 고아원이 더 이상 너를 보살필 의무는 없었다. 그런데도 너는 이미 다른 아이들보다 2년이나 더 이곳에서 살아왔지."

리페트 원장은 제루샤가 이 2년 동안 숙식을 제공받는 대가로 열심히 일을 했다는 사실과, 또한 고아원의 편의가 우선이고 제루샤의 교육은 뒷전이었다는 점 그리고 요즈음 하루 종일 마루 닦기를 하고 있다는 사실은 생각지도 않고 있었다.

"방금 말한 대로 너의 장래 문제가 오늘 회의에서 거론됐어. 그래서 네 기록이 검토되었지. 이사님들께서는 낱낱이 살펴보셨어."

리페트 원장은 피고석에 앉아 있는 죄수를 심문하는 듯한 눈초리로 제루샤를 보았다. 원장의 말에 제루샤는 공연히 주눅이 든 표정을 지어 보였다. 크게 부끄럽거나 꼭 그래야 하는 것은 아니었지만 지금의 분위기로 보아 왠지 그래야 할 것 같았기 때문이다.

"물론 너와 같은 처지에 있는 아이에게는 일자리를 구해 주는 것이 상책이겠으나, 너는 몇몇 과목은 성적이 꽤 뛰어났단 말이다. 특히 국어 성적은 매우 우수했어. 우리 고아원의 시찰 위원인 프리처드 양은 마을 고등학교의 이사이기도 한데, 그분이 오늘 너를 칭찬하는 말씀을 했단다. 그분은 너의 수사학(修辭學) 선생과 너에 관해 자주 의견을 나누었다고 말했어. 그분은 또 네가 쓴 작문인 「우울한 수요일」이란 수필을 큰 소리로 읽으셨지."

제루샤는 이제 정말 죄수의 표정이 되었다.

"너를 여태까지 키워 주고 공부시켜 준 이 고아원을 웃음거리로 만들다니 너는 고마움을 모르는 애 같더구나. 만약 그 글이 재미있게 쓰여지지 않았더라면 난 널 용서하지 않았을 거야. 그러나 네게 운이 트이려는지, 저, 아니 지금 막 가신 분은 무척 풍부한 유머 감각을 가지셨단 말이야. 그분은 네 건방진 작문이 마음에 드신 모양인지 너를 대학에 보내 주겠다고 제안하셨단다."

"대학이라고요?"

제루샤의 눈이 휘둥그레졌다. 리페트 원장은 고개를 끄덕였다.

"그분은 남아서 나와 조건을 상의했어. 참 별난 조건도 다 봤지, 그분은 좀 괴짜인 것 같아. 그분은 네가 창작력이 있다고 믿고 있어. 네가 작가가 되도록 공부시킬 생각을 가지고 계시더군."

"작가라고요?"

제루샤는 얼떨떨했다. 그녀는 리페트 원장의 말을 되풀이할 수밖에 없었다.

"그것이 바로 그분이 원하시는 거다. 성공할는지는 두고 봐야 알 테지만 말이다. 그분은 아주 많은 돈을 너에게 줄 것이다. 돈을 한 번도 가져 보지 못한 소녀에게 주는 돈치고는 정말 지나치게 많은 돈이 될 것이다. 그러나 그분은 내가 다른 제안을 할 엄두를 못 낼 정도로 세밀한 계획을 가지고 계셨다. 너는 여름까지만 여기에 더 머물러 있게 된다. 프리처드 양이 고맙게도 너의 생활을 돌봐 주겠다고 했어. 너의 기숙사비와 수업료는 대학으로 직접 송금이 될 것이며, 그 이외에 너는 재학 기간 4년 동안 매월 35달러씩의 용돈을 받게 된다. 그 정도의 용돈이면 다른 학생과 별다를 바 없이 지낼 수 있을 것이다. 그 돈은 그분의 개인 비서가 한 달에 한 번씩 너에게 송금해 줄 거야. 그 보답으로 너는 한 달에 한 번씩 그분에게 편지를 써야 해. 편지에서도 너는 돈을 보내 준 데 대해 감사하단 말을 할 필요는 없다. 그분은 그런 것에 대한 감사는 원하지 않고 계셔. 너는 다만 네 공부가 어느 정도 향상되었는지 매일의 일과를 상세히 쓰면 된다. 마치 네 부모가 계시다면 네가 부모님에게 보내는 편지처럼.

그 편지는 '존 스미스 씨 귀하' 라고 써서 비서 앞으로 부쳐야 해. 사실 그분의 이름은 존 스미스가 아니다. 그분은 이름이 밝혀지는 것을 원치 않으신다. 너는 그저 그분을 존 스미스 씨라고 알고 있으면 돼. 그분이 편지 쓰기를 요구하는 이유는 편지가 표현력을 기르는 데 다른 어떤 것보다도 좋다고 생각하고 있기 때문이야. 네게는 가족이 없어서 편지를 쓸 일이 없으니까 그분은 이런 식으로 네게 편지를 쓰게 하려는 거야. 또한 편지를 통해 네가 어느 정도 향상되었는지를 알아보려는 거야. 그분은 네 편지에 절대 답장을 하지 않을 것이며, 또한 전혀 관심을 두지 않을 것이다.

그분은 편지 쓰기를 지극히 싫어하시는 분이며 너 때문에 부담을 느끼게 되기를 원치 않아. 만약 꼭 회답이 필요하게 될 경우엔—그런 일이 없어야겠지만 예를 들어 네가 퇴학을 당하는 경우가 생긴다면—그의 비서인 그리그스 씨에게 그 내용을 말하면 된다. 너는 매달 반드시 편지를 써야만 한다. 편지만이 스미스 씨가 네게 요구하는 단 하나의 의무이므로, 너는 마치 빚을 상환하듯 어김없이 편지를 보내야만 한다. 나는 네가 언제나 정중한 말씨를 사용해서, 여기서 올바르게 배웠다는 것을 보여 주길 원한다. 너의 편지를 받는 분이 존 그리어 고아원의 이사님이라는 것을 잊지 말아야 한다."

제루샤는 장황한 설교가 지루해서인지 문 쪽을 자꾸 바라보았다. 그녀의 머릿속은 흥분으로 가득 차서 빨리 리페트 원장의 지겨운 설교에서 벗어나 혼자서 생각하고 싶을 뿐이었다. 그녀는 의자에서 일어나 조금 뒤로 물러나 보았다. 그러나 리페트 원장은 더 있으라고 손짓했다. 리페트 원장으로서는 이렇게 좋은 웅변의 기회를 놓치고 싶지 않았기 때문이다.

　"너는 너한테 굴러 들어온 이 귀중한 행운에 충분히 감사하고 있겠지? 너 같은 처지에 있는 여자애로선 이러한 출세의 기회가 좀처럼 없는 일이다. 너는 늘 명심하여……."

　"원장님, 잘 알겠습니다. 감사합니다. 그 말씀밖에 없으시다면 이제 전 가서 프레디 퍼킨스의 바지를 기워야겠어요."

　제루샤는 원장실 문을 닫고 나왔다. 말을 매듭짓지 못한 리페트 원장은 멍한 모습으로 제루샤가 나가는 모습을 바라보고만 있었다.

키다리 아저씨 존 스미스 씨에게 보낸
제루샤 애버트 양의 편지들

9월 24일, 퍼거슨 기숙사 215호실에서

고아들을 대학에 보내 주시는 친절한 이사님께

드디어 대학에 왔습니다. 저는 어제 기차를 타고 네 시간 동안 여행을 했습니다. 정말 재미있었어요. 저는 기차를 태어나서 처음 타 봤으니까요.

대학은 너무 커서 정신을 못 차릴 정도입니다. 저는 방을 나서기만 해도 길을 잃어버립니다. 나중에 좀 익숙하게 되면 학교를 자세히 설명해 드리겠습니다. 또 제 공부에 관해서도 그때 알려 드리지요. 지금은 토요일 밤인데 수업은 월요일 아침부터 시작합니다. 그러나 먼저 인사를 드려야만 하겠기에 편지를 쓰는 것입니다.

얼굴도 알지 못하는 분에게 편지를 쓰려니까 좀 이상한 생각이 듭니다. 그러나 사실은 제가 편지를 쓴다는 것이 제겐 더 이상하답니다. 왜냐하면 저는 아직 서너 번 정도밖에 편지를 쓴 적이 없으니까요. 그러니 편지투에 맞지 않게 쓰더라도 눈감아 주시기 바랍니다.

어제 아침 고아원을 떠나기 전에 리페트 원장님과 저는 아주 중대한 얘기를 나누었습니다. 원장님은 제가 앞으로 일생 동안 어떤 식으로 살아가야 하는지를 말씀해 주셨으며, 특히 저에게 큰 은혜를 베풀어 주신 친절한 분에게 어떻게 대해야 할지도 말씀해 주셨습니다. 대단히 훌륭해지기 위해 노력하지 않으면 안 된다는 것입니다.

그러나 존 스미스 씨라고 불리기를 원하는 분에게 어떻게 매우 정중하게 대할 수 있겠습니까? 선생님은 조금 더 개성 있는 이름을 고르시는 게 좋았을 것 같습니다. 선생님께 편지 쓰는 저는 마치 막대기나 빨래판 씨께 편지를 쓰는 것과 같은 기분이랍니다.

저는 이번 여름부터 선생님에 관해 무척이나 많이 생각해 왔습니다. 이제까지 고아원에서 자란 저에게 누군가 관심을 가져 준다고 생각하니 마치 제게도 가족이 있는 듯한 기분입니다. 이제 제게도 저를 아껴 줄 사람이 있다고 생각하니 정말 기쁩니다. 그러나 제가 선생님에 관해 생각하려고 해도 상상력에 도움을 줄 소재가 거의 없다는 말을 하지 않을 수 없군요. 제가 알고 있는 것은 단지 세 가지뿐이랍니다.

첫째, 키가 크다는 것
둘째, 돈이 무척 많은 부자라는 것
셋째, 여자애를 좋아하지 않는다는 것

선생님을 '친애하는 소녀 혐오가 씨'라고 부르면 어떨까 생각해 봅니다. 그러나 이 호칭은 저를 모욕하는 것일 뿐이라고 생각됩니다. 또는 '부자 씨'라고 부를까도 생각해 봤습니다만 그것은 선생님에게는 돈만이 전부인 것처럼 생각되므로 선생님을 모욕하는 것이라 생각합니다. 더욱이 돈이 많다는 것은 아주 피상적인 특징에 불과할 뿐만 아니라 선생님이 평생 부자가 되리라는 보장은 없습니다. 월 가(街)에서 아주 머리 좋은 사람들도 파산을 하는 경우가 상당하다는 걸요.

그러나 선생님의 큰 키는 평생 변하지 않겠지요! 그래서 저는 선생님을 '키다리 아저씨'라고 부르기로 마음먹었습니다. 선생님 마음에 드시기를 바랍니다. 이것은 우리 두 사람 사이에서만 사용하는 애칭이 될 것이므로 리페트 원장님에게는 말하지 않기로 해요.

2분만 있으면 10시를 알리는 종이 울립니다. 이곳의 하루 생활은 종소리로 나누어집니다. 종소리에 따라 식사하고, 자고, 공부한답니다. 종소리는 아주 신납니다. 저는 종소리를 들을 때마다 소방 펌프를 끄는 말이 된 듯한 느낌을 가집니다. 종소리가 울립니다. 불을 끄고 자라는 소리입니다.

제가 얼마나 규칙을 잘 지키는지 보셨지요. 이런 것은 다 존 그리어 고아원에서 훈련받은 덕택입니다.

선생님을 진실로 존경하는
제루샤 애버트 올림

10월 1일

친애하는 키다리 아저씨께

저는 대학이 정말 좋아요. 또한 저를 대학에 보내 주신 아저씨가 좋아요. 저는 너무너무나 행복해요. 순간순간이 너무 흥분되어 잠도 오지 않을 지경이에요. 아저씨는 이곳이 존 그리어 고아원과 얼마나 다른지 상상도 못하실 것입니다. 저도 세상에 이런 곳이 존재하리라고는 꿈속에서도 생각지 못했어요. 저는 여자로 태어나지 못한 모든 남자들과 여자로 태어났어도 이곳에 올 수 없는 모든 여자가 불쌍하게 생각돼요.

아저씨가 젊으셨을 때 다닌 대학도 틀림없이 여기보다 좋은 곳은 아니었을 거예요.

제 방은 탑의 위쪽에 있답니다. 이 탑은 새 부속 병원을 짓기 전에 전염병 환자 병동으로 사용했던 곳입니다. 탑의 같은 층에는 저 외에 세 명의 다른 여학생이 있습니다. 안경을 썼으며 늘 좀더 조용히 해 달라고 말하는 4학년생과, 샐리 맥브라이드와 줄리아 루틀레즈 펜들턴이라는 신입생입니다. 샐리는 빨간 머리에 약간 들창코인데 무척 상냥한 편입니다. 줄리아는 뉴욕 명문가의 딸로서 아직 저를 거들떠보지도 않아요. 이 두 명의 신입생은 한방을 같이 쓰고 4학년생과 저는 독방을 가졌어요. 방이 매우 부족하여 신입생은 독방을 갖지 못하는 것이 보통이에요. 그런데 저는 부탁도 하지 않았는데 독방을 갖게 되었습니다. 아마 좋은 가정에서 자라난 학생에게 저와 같은 고아와 한방을 쓰라고 학생과에 부탁하기가 힘들었던 모양이지요? 고아인 것이 유리할 때도 있군요!

제 방은 창문이 두 개나 있어 전망이 좋은 서북쪽 모퉁이에 위치해 있습니다. 18년 동안 스무 명이 들끓는 방에서 살아왔으므로 이제 혼자 지내게 되니 살 것만 같아요. 저는 난생 처음 제루샤 애버트와 친구가 될 수 있게 되었어요. 아무래도 저는 제 자신을 좋아하게 될 것 같아요.

아저씨도 그럴 거라고 생각하세요?

화요일

요즈음 농구부에서 신입생들을 대상으로 부원을 뽑는데, 저도 뽑힐 것 같아요. 물론 저는 몸집이 작지만 무척 날쌔며 강단이 있고 힘이 셉니다. 다른 학생들이 껑충껑충 뛰는 동안 저는 그들의 발밑으로 기어나가 공을 잡을 수 있습니다. 나뭇잎이 온통 울긋불긋하게 단풍이 들어 있고, 낙엽 태우는 냄새가 코를 자극하는 가을의 오후에 운동장에 나가 농구를 하는 것은 특별한 재미가 있습니다. 모두들 웃으며 외쳐 댑니다. 이 여대생들은 제가 이제까지 본 중에서 가장 행복한 소녀들이며, 저는 그중에서도 가장 행복한 소녀입니다.

제가 배우는 모든 것을 알려 드리기 위해 긴 편지를 쓰려고 했으나 (리페트 원장님은 배우는 것을 자세히 보고하라고 당부하셨습니다.) 일곱째 시간을 알리는 종이 막 울립니다. 우리는 10분 안에 운동복으로 갈아입고 운동장에 나가야 합니다. 아저씨는 제가 농구부원으로 선발되는 것을 원하시는지요?

언제나 아저씨의 벗인

제루샤 애버트 올림

추신 (9시)

샐리 맥브라이드가 제 방문 안으로 얼굴만 내밀고 이렇게 말했어요.

"난 말이야, 집 생각에 견딜 수 없어. 넌 안 그러니?"

저는 약간 미소를 띠며 "그런 대로 괜찮다."고 대답했어요. 적어도

저는 향수병만큼은 걸리지 않을 자신이 있어요! 저는 고아원이 그립다
는 말은 여태껏 들어본 적이 없거든요. 아저씨는 그런 말을 들은 적이
있나요?

10월 10일

친애하는 키다리 아저씨께

미켈란젤로에 관하여 들은 적이 있으세요?

그는 중세 시대에 이탈리아에서 살았던 유명한 미술가입니다. 국문
과 학생들은 모두 이 사람에 대해 알고 있었던 모양인데, 제가 그를 대
천사(大天使)로 알고 있다고 했더니 학급의 모든 학생들이 웃음을 터
트렸어요. 미켈란젤로가 대천사(아크에인절, 영어 발음과 약간 비슷하
다.)와 발음이 너무나 닮았다고 생각지 않으세요? 대학에 와서 곤란한
것은, 사람들이 제가 배우지 않은 많은 것을 이미 제가 알고 있다고 생
각하는 것입니다. 가끔씩 정말 당황할 때도 있습니다. 그러나 이제는
다른 학생들이 제가 모르는 것에 관해 이야기하면 저는 아무 말 않고
있다가 나중에 백과사전을 찾아보기로 했습니다.

저는 개학 첫날 엄청난 실수를 저지르고 말았습니다. 어떤 학생이 모
리스 마테를링크(Masterlinck ; 벨기에의 작가. 1911년 노벨 문학상 수
상. 대표작으로 『파랑새』가 있다.)라는 이름을 말하기에 제가 그것이
신입생의 이름이냐고 물었던 것입니다. 이 웃음거리는 전교생이 다 알

게 되었어요. 그러나 그런 것과 상관없이 저는 다른 학생들처럼 명랑해요. 아니, 어떤 학생들보다도 제가 더 명랑할 거예요!

제 방을 어떻게 꾸몄는지 알고 싶지 않으세요? 갈색과 노란색이 잘 조화되어 있어요. 옅은 갈색의 벽지에 노란색의 무명 커튼을 달았지요. 또 약간 잉크 얼룩이 있는 갈색의 중고 카펫도 사다 놓았습니다. 얼룩이 있는 곳에 의자를 놓았더니 아주 감쪽같더군요. 그 밖에도 3달러짜리 중고품인 마호가니 책상과 등나무 의자도 한 개 샀답니다.

창문이 높아서 보통 의자에 앉아서는 바깥을 볼 수가 없습니다. 그래서 옷장 거울의 뒤에서 나사를 뽑아 떼어 내고 옷장 위를 천으로 덮은 후 창문 쪽으로 옮겨 놓았습니다. 그 위에 작은 의자를 놓으니까 밖을 내다보기에 딱 좋습니다. 옷장 서랍으로 층계를 만들어 올라갑니다. 안성맞춤이지요!

샐리 맥브라이드가 졸업한 학생들의 물품 경매장에서 물건 고르는 것을 도와 주었습니다. 샐리는 계속 가정에서 자랐기 때문에 방 치장에 관해서 잘 알고 있더군요. 여태껏 동전 몇 닢밖에 가져 보지 못했던 제가 진짜 5달러짜리 지폐를 들고 물건을 사고 거스름돈을 받고 하는 것이 얼마나 신나는 일인지 아저씨는 상상도 못하실 겁니다. 아저씨, 저는 아저씨가 용돈을 보내 주시는 것이 너무나 고맙습니다.

샐리는 이 세상에서 가장 재미있는 애입니다. 반대로 줄리아 펜들턴은 정말 재미없는 애입니다. 학생과에서는 왜 이렇게 정반대의 성격을 가진 두 학생에게 같은 방을 주었는지 이해가 안 갑니다. 샐리는 모든 것을 다 재미있다고 여겨요. 심지어 낙제까지도. 그런데 줄리아는 무엇이든 다 싫증을 냅니다. 줄리아는 조금도 다정하지 않아요. 그 애는 펜들턴 집안 사람이라는 것 하나만으로도 더 이상 시험을 치르지 않고 천국으로 갈 수 있다고 생각하는 아이예요. 줄리아와 저는 서로 적으로 태어났나 봅니다.

제가 배우고 있는 것이 어떤 것인지에 관해 말씀드리겠어요.

무척 기다리셨죠?

1. 라틴어―제2차 포에니 전쟁에서 한니발이 이끄는 카르타고 군사들은 어젯밤 트라시메누스 호(湖)에 진을 쳤습니다. 그들은 로마군을 습격하려고 숨어 있었는데 오늘 새벽 4시에 전투가 벌어졌습니다. 로마군이 후퇴를 하고 있습니다.

2. 프랑스어―『삼총사』를 24페이지까지. 불규칙동사 제3변화.

3. 기하―원기둥을 다 배우고 이제 원뿔을 배우고 있습니다.

4. 국어―서술 문체를 공부하고 있습니다. 저의 문체는 날이 갈수록 정확하고 간결해져 갑니다.

5. 생리학―소화기관까지 배웠습니다. 다음에는 쓸개와 췌장에 대해 공부할 차례입니다.

열심히 공부하고 있는

제루샤 애버트 올림

추신

아저씨는 술을 드시지 않는 분이기를 바랍니다. 술을 드시나요? 술은 간장에 아주 해롭습니다.

수요일

친애하는 키다리 아저씨께

제 이름을 바꾸었어요.

학적부에는 '제루샤'라는 이름을 그대로 사용하지만 평상시에는 '주디'로 부르라고 했어요. 난생 처음 가져 보는 하나뿐인 애칭을 자기 자신이 지어야 하다니 너무나 서글픈 마음이 들어요.

너무 가엾다고 생각하지 않으세요? 그러나 사실 주디라는 이름은 저 혼자 지은 것은 아니랍니다. 프레디 퍼킨스라는 애가 말을 제대로 하기 전까지 저를 주디라고 불렀었거든요.

리페트 원장님이 아이들의 이름을 지을 때 좀더 신경을 써 주셨더라면 무척 좋았을 텐데요. 원장님은 전화번호부에서 성을 그냥 선택해 버리세요. 애버트란 제 성은 그 첫 장에 나옵니다. 제루샤라는 이름은 그녀가 무덤의 묘비에서 딴 거래요. 저는 이 이름이 항상 마음에 들지 않았어요. 그러나 주디란 이름은 마음에 쏙 들어요. 제가 이런 이름을 갖다니 엉뚱하지요? 이 이름은 온 가족으로부터 사랑과 귀여움을 받으며 아무 걱정도 없고 구김살 없이 자라는 파란 눈의 귀여운 소녀에게나 어울릴 법한 이름이지요. 저는 그런 아이는 아니지만, 그렇게만 된다면 얼마나 좋을까요? 제가 어떤 잘못을 저지른다 해도 사람들은 제가 집에서 어리광을 부렸던 것을 이유 삼아 비난하지는 않겠지요! 그런 어리광을 부리는 척하는 것도 재미있을 거예요. 아저씨, 앞으로는 저를 늘 주디라고 불러 주세요.

재미나는 일을 더 알고 싶으세요? 저는 가죽 장갑을 세 켤레 갖고 있어요. 전에 크리스마스트리에 걸려 있었던 가죽 벙어리장갑을 가져 본 일은 있었지만 다섯 손가락이 달린 진짜 가죽 장갑은 난생 처음이에요. 저는 시간만 있으면 장갑을 꺼내 끼어 보곤 한답니다. 교실까지 그걸 끼고 가고 싶은 마음이지만 참고 있어요.

저녁 식사 종소리가 울리네요. 안녕히 계세요.

금요일

아저씨, 어떻게 생각하세요? 작문 선생님은 저의 지난번 작문에 놀랄 만한 창작력이 나타나 있다고 말씀하셨어요. 정말 그렇게 말씀하셨어요. 저는 선생님의 말을 그대로 옮긴 거예요. 18년간 고아원에서 지낸 저에게 이런 일은 불가능하다고 생각지 않으세요? 존 그리어 고아원의 목적은 97명의 고아를 97명의 똑같은 쌍둥이로 만드는 것이었지요(이 점은 아저씨도 틀림없이 아실 것이고, 또한 그것을 동의하고 계시겠지요.).

제가 지금 보여 드리는 뛰어난 미술적인 재능은 어려서 나무 문짝에 백묵으로 리페트 원장님을 그릴 때부터 싹튼 것입니다.

제가 자라난 곳을 비난한다고 기분 나쁘게 생각하지 마세요. 만약 언짢게 여기신다면 마음대로 조처할 수 있지 않아요. 제가 너무 건방져지면 선생님은 언제든지 저에게 돈을 보내는 것을 그만두실 수 있어요.

이렇게 말씀드리는 것이 예의에 어긋나는 것인 줄은 압니다. 제가 예의를 지킨다는 것은 무리한 일이에요. 어차피 고아원은 숙녀를 양성하는 학교는 아닌 걸요. 아저씨, 대학 생활에서 힘든 것은 공부만이 아니더군요. 노는 것도 힘들어요.

어떤 & 아

뒷모습   앞모습

저는 다른 학생들이 얘기하는 것 중의 반은 무슨 말인지 도저히 알아들을 수 없어요. 그들의 농담은 저를 제외한 모든 학생들이 이해할 수 있는 과거와 연관된 거예요. 저는 마치 딴 세상 사람처럼 그 말을 알아들을 수 없어요. 참 비참한 느낌이 들어요. 하기야 이런 느낌은 늘 제 곁에 있었지요. 고등학교 때 다른 여학생들이 한데 몰려 서서 저를 쳐다보곤 했어요. 저는 이상했고, 그들과는 뭔가 달랐어요. 모두들 그것을 알고 있었어요. 저는 '존 그리어 고아원' 이란 글자가 제 얼굴에 쓰여져 있는 것을 '느낄' 수 있었어요. 그런데 어떤 때는 동정심을 가진 아이들이 다가와서 뭔가 다정하게 말을 걸곤 하지요. 저는 그 애들을 하나도 빼놓지 않고 모두 미워했어요. 특히 동정심이 있는 체하는 애들은 더 미웠어요.

이곳에서는 제가 고아원 출신이란 것을 아는 사람이 아무도 없어요. 저는 샐리 맥브라이드에게 부모님이 돌아가시고 난 후 한 나이 드신 친절한 분이 대학에 보내 준다고 얘기했지요. 사실 이 말이 틀리다고 생각지는 않아요.

아저씨, 제가 비겁하다고 생각하지 마세요. 저는 다른 소녀들처럼 되기를 매우 갈망합니다만 제 어린 시절의 기억 속에 어둠으로 가득 찬 저 지긋지긋한 고아원이 그들과의 큰 차이점입니다. 만약 제가 그런 것에 상관하지 않고 그런 기억을 잊어버린다면 다른 소녀들처럼 남이 부러워하는 대상이 될 수 있으리라 생각합니다. 저와 그들 사이에 본질적인 차이점이 있다고 생각지는 않습니다. 아저씨는 어떻게 생각하세요?

어쨌든 샐리 맥브라이드는 절 좋아합니다!

언제까지나 아저씨의
주디 애버트 올림(전의 이름은 제루샤)

토요일 아침

이 편지를 다시 읽어 보았더니 유쾌한 기분은 아니군요. 사실은 월요일까지 특별 작문을 써야 하고, 기하 연습 문제도 풀어야 하는데 심한 콧물 감기에 걸려 있어요.

일요일

어제 이 편지 부치는 것을 깜박했어요. 그래서 좀 격분했던 일을 여기에 추가해서 쓰겠습니다. 오늘 아침 주교(主敎)가 설교를 했는데 그가 뭐라고 했는지 아세요?

"성경이 우리에게 준 가장 은혜로운 약속은 '가난한 자는 항상 너희와 함께 있느니라.(요한복음 12장 8절)' 라는 말씀입니다. 가난한 사람이 이 땅에 존재함은 우리에게 자비심을 가지게 하기 위한 것입니다."

가난뱅이는 말하자면 쓸모 있는 가축이라는 식이더군요. 만약 제가 이렇게 성숙한 숙녀가 아니었다면 예배가 끝난 뒤 그 주교를 쫓아가서 제 생각을 쏘아붙였을 거예요.

10월 25일

친애하는 키다리 아저씨께

제가 농구부원으로 선발되었어요. 농구 연습을 하다가 왼쪽 어깨에 멍이 든 것을 보여 드리고 싶어요. 멍은 약간 푸른색에 오렌지색의 작은 줄이 섞인 적갈색입니다. 줄리아도 농구부에 들어가려고 애썼으나 선발되지 못했어요. 아, 고소해! 제가 얼마나 마음씨 나쁜 계집애인지 아셨지요.

대학 생활은 날이 갈수록 재미를 더해 갑니다. 학생들, 선생님들, 교실들, 운동장 그리고 먹는 음식 모두가 마음에 들어요. 우리는 일주일에 두 번씩 아이스크림을 먹으며 옥수수죽 따위는 절대로 먹지 않습니다.

아저씨는 저에게 매달 한 번씩 편지를 하라고 이르셨지요? 그런데 저는 일주일이 멀다 하고 아저씨께 편지를 써 대는군요! 저는 이 새로운 생활의 모든 것이 꿈속의 일처럼 느껴져 누구에게든 이야기하지 않고는 견딜 수 없습니다. 그런데 제가 아는 사람이라고는 아저씨뿐인 걸요. 제 수다를 용서하세요. 좀 있으면 마음이 차분해지겠지요. 만약 제 편지에 흥미가 없으시다면 언제라도 편지를 쓰레기통에 던져 넣으시면 됩니다. 11월 중순까지는 더 편지를 쓰지 않겠다고 약속하겠습니다.

수다쟁이 주디 애버트 올림

농구를 하는 주디

11월 15일

친애하는 키다리 아저씨께

제가 오늘 배운 것을 들어보세요.

각뿔대의 표면적은 밑변의 합에 한 사다리꼴의 높이를 곱한 것의 2분의 1입니다.

언뜻 들으면 거짓말 같지만 사실이에요. 저는 이것을 증명할 수 있습니다.

제가 아직 아저씨께 제 옷에 관해 언급한 적이 없지요. 여섯 벌이나 있는데, 모두 새 것이며 예뻐요. 이것들은 모두 제게 맞는 것을 산 것이며, 저보다 몸이 큰 사람의 옷을 물려받은 게 아니랍니다. 이것이 한 고아의 일생에서 얼마나 크나큰 사건이었는지 이해하지 못하실 거예요. 그 옷들은 아저씨께서 주신 것입니다. 정말, 정말 너무나 고마워요. 공부를 할 수 있게 되었다는 것은 분명 기쁜 일이지만 그것은 새 옷을 여섯 벌씩이나 갖게 되는 현기증 나는 경험에 비하면 아무것도 아니에요. 그 옷들을 골라 주신 분은 고아원 시찰 위원인 프리처드 양입니다. 리페트 원장님이 옷을 고르지 않게 되어 천만다행이었습니다. 이 옷들 중에서 가장 마음에 드는 것은 분홍색의 얇은 비단을 씌운 드레스입니다. 이 옷은 주로 야회복으로 입는데, 이걸 입으면 정말 예뻐 보인답니다.

다음으로 마음에 드는 것은 파란 드레스인데 주로 교회에서 예배 드릴 때 입지요. 동양식의 가장자리 장식이 있는 빨간 비단 드레스는 만찬복인데 이걸 입으면 집시같이 보인대요. 그 밖에 장밋빛 메린스 드레스, 회색의 외출복, 교실에 들어갈 때 입는 평상복을 갖고 있어요. 줄리아라면 이 정도의 옷이 결코 많은 것은 아니겠지만 제루샤 애버트에게는 정말 많은 옷이에요.

아저씨는 이제 저를 아주 경박하고 천한 여자애라고 생각하시겠지요? 그리고 여자애를 교육시킨다는 것은 돈을 쓸모 없이 뿌려 대는 것이라고 생각하시겠지요. 그렇죠?

하지만 아저씨, 아저씨도 어릴 때부터 줄곧 싸구려 줄무늬의 무명 옷만을 입고 지내셨다면 제 기분을 이해하실 거예요. 저는 고등학교에 다닐 때에는 싸구려 줄무늬의 무명 옷조차 입지 못했던 적도 있죠.

구제품, 그 볼품없는 구제품을 입고 학교에 가기가 얼마나 지긋지긋했는지 아저씨는 생각조차 못하실 거예요. 교실에서 저는 제가 입은 옷의 전 주인 옆에 앉게 되었는데 그 애는 다른 애들에게 소곤거리며 킥킥 웃어 댔습니다. 원수가 입다 버린 옷을 입어야 하는 쓰라린 경험은 영혼 깊숙한 곳에 상처로 남습니다. 앞으로 일생 동안 명주 양말을 신게 된다 하더라도 이 상처는 사라질 것 같지 않습니다.

전황(戰況) 속보

전투 현장 취재 뉴스.

11월 13일 목요일 이른 새벽, 한니발 장군이 지휘하는 카르타고 군대는 로마군 전위부대를 패주시키고 산을 넘어 카실리눔 평야로 진격했다. 경무장(輕武裝)을 한 누미디아(Numidians ; 북부 아프리카에 있었던 옛 왕국)군의 일개 보병단이 퀸투스 파비우스 막시무스 장군(Q. F. Maximus ; 로마의 명장)의 보병과 교전, 두 차례 대전투를 벌였으며 한 차례 소전투를 벌였다. 로마군은 막대한 손실을 입고 후퇴했다.

아저씨의 종군 특파원이 됨을 영광으로 생각합니다.

J. 애버트 올림

추신

저는 아저씨로부터 회답을 바라서는 안 된다는 것을 알고 있습니다. 그리고 아저씨께 귀찮게 이것저것 여쭈어 보는 것도 안 된다는 경고를 받았습니다. 그러나 아저씨, 이것 한 가지만 말씀해 주세요. 아저씨는 아주 나이가 많으신 분인가요, 아니면 조금 많으신 분인가요? 또한 머리가 완전히 벗어졌습니까? 아니면 조금만 벗어졌습니까? 기하학의 정리처럼 아저씨를 추상적으로 생각하기가 무척 힘드는군요.

여자애를 싫어하지만 꽤 건방진 한 소녀에게는 유달리 너그러운 키큰 부자가 있는데, 그분은 어떤 모습일까요?

회신 요함

12월 19일

친애하는 키다리 아저씨께

아저씨는 제 질문에 회답을 주시지 않았군요. 그것은 무척이나 중요한 것인데.

아저씨는 대머리입니까?

아저씨의 모습을 아주 멋지고 정확하게 그리려고 했는데, 아저씨의 머리끝 부분에 이르자 저는 더 이상 어떻게 할 수 없게 되었어요. 저는 아저씨의 머리가 흰지 검은지, 아니면 반백인지 또는 완전히 대머리인지 알 수가 없군요.

여기 아저씨의 초상화가 있습니다. 그런데 문제는 머리를 어떻게 그려 넣느냐 하는 것입니다.

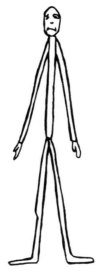

아저씨의 눈 빛깔을 어떤 색으로 했는지 알고 싶지 않으세요?

눈은 회색으로 했으며, 눈썹은 현관의 지붕처럼 툭 튀어나오게 했어요(소설에서는 짙은 눈썹이라고 하더군요.). 입은 가로로 쭉 뻗었는데, 양쪽 끝이 조금 처졌어요.

아, 저는 알아요! 아저씨는 성미가 아주 까다롭고, 기운이 좋은 노인이지요. 예배당 종이 울리고 있습니다.

오후 9시 45분

저는 새로운 금기를 하나 세웠습니다. 비록 아침에 아무리 많은 숙제가 밀리게 되더라도 밤에는 학교 공부를 하지 않기로 했어요. 대신 일반 서적을 읽고 있습니다. 아저씨도 아시다시피 저는 18년의 공백기를 가졌기 때문에 이렇게 많은 책들을 읽지 않으면 안 됩니다. 아저씨는 제가 얼마나 무지(無知)한지 짐작도 못하실 것입니다. 저도 이제 저의 무지의 심연이 얼마나 깊은지 느끼고 있습니다. 적당한 조화로 이루어진 가족과 집 그리고 친구와 책들을 갖고 있는 대부분의 소녀라면 자연히 알게 되는 것도 제게는 처음 대하는 낯선 것일 뿐입니다. 예를 들면, 저는 『어미 거위의 노래』, 『데이비드 카퍼필드』, 『아이반 호』, 『신데렐라』, 『푸른 수염』, 『로빈슨 크루소』, 『제인 에어』, 『이상한 나라의 앨리스』 또는 루드야드 키플링(1865~1936, 영국의 시인이자 소설가)의 작품을 읽지 못했습니다. 저는 헨리 8세가 여러 번 결혼한 사실과 셸리가 시인이라는 사실을 모르고 있었음은 물론, 사람의 조상이 원숭이라는 것 그리고 '에덴 동산'은 단지 아름다운 신화일 뿐이란 것도 몰랐습니다. 또한 R. L. S가 로버트 루이스 스티븐슨의 약자라든가 조지 엘리어트가 여성이라는 사실도 몰랐습니다. 저는 '모나리자'란 그림도 처음 보게 되었고, 셜록 홈스라는 이름도 전에 들어본 일이 없습니다. 아저씨는 틀림없이 이 말을 믿지 않으시려고 하실 거예요.

이제는 이런 것은 물론 알고 있으며, 그 외의 것도 많이 배웠습니다. 그러나 아직도 뒤따라가야 할 것이 얼마나 많은지 아저씨도 아실 거예요. 그런데 이것은 참 재미있어요! 저는 밤이 오기를 기다렸다가, 밤이 되면 방문에 '면회 사절'이란 팻말을 붙여 놓고 빨간 목욕 가운으로 갈아입은 뒤 털이 푹신한 슬리퍼를 신고 머리를 기대기 위해 쿠션을 긴 의자에 전부 쌓아 놓은 다음, 놋쇠로 만든 학생용 스탠드를 켜고 책을 읽습니다. 읽고 또 읽고, 책 한 권으로는 양이 차지 않아요. 저는 한꺼번에 네 권을 읽고 있어요. 지금도 테니슨의 시와 새커리(1811~1863, 영국의 소설가)의 『허영의 시장』, 키플링의 『고원 이야기』, 그리고 웃지 마세요. 『작은 아씨들』을 동시에 읽고 있습니다.

어린 시절에 『작은 아씨들』을 읽지 않고 자란 학생은 우리 대학에서 저밖에 없다는 것을 알았어요. 그러나 저는 이 사실을 아무에게도 말하지 않았어요(저를 이상한 아이로 만들어 버리고 말 테니까요.). 저는 아무도 모르게 서점으로 가서 지난달 용돈 중 1달러 12센트를 주고 이 책을 샀습니다. 다음 번에 누가 소금에 절인 라임 얘기를 하면 무엇을 말하는 이야기인지 알게 될 거예요!

10시 종이 울립니다. 이 편지는 여러 번 중단되었군요.

토요일

삼가 아룁니다.

본인은 기하학 분야에서 새로운 탐험을 하고 있음을 알려 드립니다. 지난 금요일에는 직육면체에 관한 학습을 다 마치고 절두각추(截頭角

錐)에 대해 배우기 시작했습니다. 학문의 길은 험난하며 멀기만 합니다.

일요일

다음 주부터 크리스마스 방학이 시작되므로 짐을 꾸리느라 야단들입니다. 복도는 짐들로 꽉 차서 지나다니기도 힘들 정도예요. 모두들 들뜬 마음에 법석을 피우고 있어 공부가 머리에 들어올 리 없습니다. 저는 방학을 멋지게 보낼 계획이에요. 집이 텍사스라 기숙사에 그대로 남게 될 1학년생이 또 한 명 있는데, 그 애와 같이 멀리 산책을 해 보거나 얼음이 얼게 되면 스케이트 타는 법을 배울 계획입니다. 그리고 읽지 않으면 안 되는 책이 산더미같이 쌓여 있으니 방학 3주 동안에 실컷 읽을 참입니다.

아저씨, 안녕히 계십시오. 아저씨도 저처럼 행복하게 지내시기를 바랍니다.

주디 올림

추신

제 질문에 대답하는 것을 잊지 마세요. 편지를 쓰는 것이 귀찮으시면 비서에게 단지 다음과 같이 전보를 치라고 하세요.

스미스 씨는 완전 대머리임.

아니면 스미스 씨는 대머리가 아님.

혹은 스미스 씨는 백발임.

그리고 전보 요금 25센트는 매달 송금되는 제 용돈에서 빼 주십시오.

1월까지 안녕, 메리 크리스마스!

크리스마스 방학이 끝날 무렵(정확한 날짜는 모름)

친애하는 키다리 아저씨께

아저씨가 계신 곳에도 눈이 오나요? 이곳 탑에서 보니 세상이 온통 눈으로 덮여 있군요. 팝콘만큼이나 큰 함박눈이 펑펑 내리고 있습니다. 지금은 저녁이 다 되었습니다. 차가운 노란색의 해가 좀더 차갑게 보이는 자줏빛 언덕 뒤로 막 지고 있습니다. 저는 창 옆의 의자에 올라가 석양빛을 이용해 이 편지를 쓰고 있습니다.

아저씨가 선물로 보내 주신 금화 다섯 개를 받고는 무척이나 놀랐습니다. 저는 크리스마스 선물을 받아 본 적이 별로 없었어요. 아저씨는 이미 저에게 많은 것을 주셨습니다. 아니, 제가 가지고 있는 것은 모두 아저씨가 주신 것입니다. 그런데 또 이런 생각지도 못한 것을 받게 되다니요. 그러나 보내 주신 돈은 잘 썼습니다. 제가 그 돈으로 무엇을 샀는지 알고 싶으시지요?

1. 가죽 케이스에 든 은시계. 이것은 손목에 차고 수업 시간에 늦

지 않도록 하기 위해서입니다.

2. 매슈 아놀드의 시집

3. 보온병

4. 보온용 모포(제 방은 추워요.)

5. 노란 원고지 5백 장(저는 곧 집필을 시작할 생각이에요.)

6. 동의어 사전(작가가 되려면 어휘를 다양하게 구사할 수 있어야 하니까요.)

7. (이 마지막 물건은 전혀 알려 드리고 싶지 않지만 말씀드리겠어요.) 명주 양말 한 켤레

그러면 아저씨, 제가 숨기는 것이 있다고 생각지는 마세요.

제가 명주 양말을 불쑥 사게 된 동기는 사실 매우 하찮은 것이에요. 줄리아 펜들턴은 매일 밤 기하 공부를 하러 제 방에 와서는 긴 의자에 다리를 꼬고 앉아 명주 양말을 자랑하곤 했죠.

그러나 조금만 기다려 보라지요. 그녀가 방학이 끝나 기숙사로 돌아오기만 하면 이번에는 제가 명주 양말을 신고 그녀의 방에 가서 긴 의자에 앉을 참이에요. 아저씨, 제가 얼마나 한심한 계집애라는 것을 아셨죠? 그러나 저는 적어도 정직합니다. 아저씨는 이미 저의 고아원 기록을 보셔서 제가 흠이 없지 않다는 것을 알고 계실 테죠, 그렇죠?

요약하건대(이 말은 작문 선생님이 말을 시작할 때 사용하는 상투어입니다.), 일곱 가지 선물을 주신 데 대해 심심한 사의를 표하는 바입니다. 저는 이 선물들이 캘리포니아에서 사는 우리 가족으로부터 상자에

넣어 보내진 것이라고 생각하고 있습니다. 시계는 아버지가, 모포는 어머니가, 보온병은 할머니(할머니는 늘 제가 겨울철에 감기에 걸리지 않을까 염려하고 계십니다.)가, 노란 원고지는 남동생 해리의 선물입니다. 제 누이 이사벨이 명주 양말을 보내 주었고, 매슈 아놀드의 시집은 수전 아주머니가 그리고 동의어 사전은 해리 아저씨(동생의 해리라는 이름은 아저씨의 이름을 딴 것이랍니다.)가 선물하신 것입니다. 아저씨는 초콜릿을 보내겠다고 하셨는데, 제가 사전이 유익하다고 우겼습니다.

아저씨는 저에 대해 가족 전체의 역할을 해 주신다는 것을 별 탈 없이 받아들이시겠죠?

자, 이제 제가 방학을 어떻게 보냈는지에 관해 말씀드릴까요? 아니면 저의 공부 같은 것에 대한 말씀을 드리는 게 나을까요? '같은 것'이라는 말의 미묘한 뜻을 음미하세요. 이 어휘는 최근에 제가 배운 것입니다.

텍사스에서 온 학생의 이름은 레오노라 펜튼이에요(제루샤라는 이름만큼이나 우습지요.). 저는 그 애를 좋아하지만 샐리만큼 좋아하지는 않아요. 샐리처럼 좋은 사람은 또 없을 거예요. 물론 아저씨는 예외이고요. 아저씨는 저에게는 바로 가족을 대신하는 유일한 분이시므로 저는 늘 누구보다도 아저씨가 제일 좋아요. 날씨가 화창한 날이면 날마다 레오노라와 저 그리고 2학년생 두 명은 짧은 치마에 스웨터를 입고 모자를 쓰고는 시니(shinny ; 하키와 비슷한 경기) 스틱으로 이것저것을 때리면서 들을 걷거나 근처를 샅샅이 돌아다니곤 했습니다. 한번은

4마일을 걸어서 읍에 나가 여대생들이 주로 출입하는 식당에 가 보았습니다. 35센트짜리 새우 튀김 그리고 디저트로는 메밀가루로 만든 15센트짜리 핫케이크를 먹었습니다. 영양도 많고 값도 쌌습니다.

정말 재미있었어요! 특히 제가 가장 즐거웠어요. 왜냐하면 세상이 고아원과는 완전히 딴판이었기 때문입니다. 저는 학교를 떠날 때마다 탈옥수와 같은 느낌입니다. 저는 생각하기도 전에 제가 경험하는 기분을 말하기 시작했어요. 저는 비밀이 누설되려던 마지막 순간에 정신을 차려 수습했습니다. 제가 아는 모든 것을 다른 사람에게 이야기할 수 없다는 것은 정말 괴로운 일이에요. 저는 비밀 따위는 가질 수 없는 천성을 타고났나 봐요. 만약 제 이야기를 들어 주시는 아저씨마저 없다면 저는 가슴이 터져 버릴 거예요.

지난 금요일 저녁에는 당밀 캔디 파티가 있었어요. 퍼거슨 기숙사의 관리인 아주머니가 방학 동안에 남아 있는 다른 기숙사의 학생들을 위해 베푼 것입니다. 남은 학생은 모두 22명으로 1학년, 2학년, 3학년, 4학년 학생이 모두 사이좋게 협조했습니다.

주방은 어마어마하게 넓고, 거기엔 놋냄비와 주전자가 돌벽에 열을 지어 걸려 있습니다. 그것들은 얼마나 큰지 가장 작은 냄비도 빨래 삶는 솥만큼이나 큽니다. 퍼거슨 기숙사에는 4백 명의 학생이 생활하고 있습니다. 흰 모자에 흰 앞치마를 두른 주방장이 스물두 벌의 흰 모자와 흰 앞치마를 가지고 나왔습니다. 도대체 이렇게 많은 모자와 앞치마를 어디서 가져왔는지 상상도 못하겠더군요. 우리는 모두 요리사로 모습이 바뀌었습니다.

캔디가 맛이 있는 건 아니었지만 아주 유쾌했어요. 캔디가 드디어 완성되자, 우리 모두는 물론 부엌이며 문의 손잡이가 온통 끈적끈적해졌습니다. 우리는 흰 모자에 앞치마를 한 차림 그대로 각각 큰 포크나 스푼, 프라이팬을 들고 한 줄로 서서 빈 복도를 지나 교수 휴게실로 향했습니다. 휴게실에는 대여섯 분의 교수님과 강사가 조용히 저녁을 보내고 있었어요. 우리는 교가를 부르고 캔디를 대접했습니다. 선생님들은 점잖게 받으시긴 했으나 미심쩍은 표정들이었습니다. 선생님들은 끈적끈적한 당밀 캔디를 빠느라고 말을 못했어요. 아저씨, 제 교육이 얼마나 진보했는지 보셨지요?

아저씨는 제가 작가보다 화가 쪽이 훨씬 가능성이 있다고 생각지 않으세요?

이틀만 있으면 방학이 끝나고 다시 학생들이 오겠지요. 저는 그들을 본다는 생각에 즐겁습니다. 제가 있는 탑은 좀 쓸쓸해요. 4백 명이 쓰던 건물에 아홉 명이 남게 되니 우리는 떠들며 돌아다녀요.

벌써 열한 장이나 썼군요. 아저씨, 읽으시느라 무척 피곤하시겠어요! 간단한 감사의 마음을 편지에 쓰려고 했는데 쓰기 시작하니까 펜이 저

절로 막 나가는군요.

그러면 이만 쓰겠어요. 안녕히 계세요. 그리고 저를 생각해 주시는 것에 감사드립니다. 지평선 위로 다가온 검은 구름만 없다면 완전무결하게 행복합니다. 2월에 시험이 있어요.

아저씨께 사랑을 보내면서
주디 올림

추신

사랑을 보낸다는 것은 올바르지 않은 걸까요? 만약 잘못된 거라면 용서해 주세요. 그러나 저는 누군가를 사랑하지 않을 수 없고, 제가 선택할 수 있는 대상은 아저씨와 리페트 원장님뿐이에요. 그러니까 아저씨가 참아 주세요. 저는 리페트 원장님을 사랑할 수는 없으니까요.

저녁에

키다리 아저씨께

이 대학에서 공부를 어떻게 시키는지 보세요! 언제 방학이 있었느냐할 정도거든요. 지난 나흘 동안에 저는 무려 57개의 불규칙 동사를 암기해야 했습니다. 그것들이 시험이 끝날 때까지만이라도 제발 머릿속에 그대로 남아 주기를 바랄 뿐입니다.

어떤 여학생들은 교과서를 다 배우면 그것을 팔아 버려요. 그러나 저는 제 교과서를 잘 간직하려 합니다. 그렇게 하면 졸업한 후에도 제가 공부한 책들을 책장에 가지런히 꽂아 두고는, 무언가 알고 싶은 일이 생길 때마다 조금도 망설이지 않고 그것을 찾아 볼 수 있을 테니까요. 기억 속에 담아 두려 애쓰는 것보다 이렇게 지식을 보관해 두었다가 꺼내 쓰는 것이 훨씬 더 쉽고 더 정확할 겁니다.

오늘 저녁 줄리아 펜들턴이 저를 예방하기 위해 제 방에 들어와 꼬박한 시간 동안 머물러 있다 갔어요. 그 애는 집안 얘기부터 시작했는데, 아무리 해도 다른 화제로 바꾸게 할 수가 없었어요. 줄리아는 우리 어머니의 처녀 때 이름을 알고 싶다는 거예요. 고아원 출신에게 그런 질문은 너무나 난처한 것이 아니겠어요? 그러나 저는 모른다고 말할 용기가 없었어요. 그래서 비참하게도 제일 먼저 제 머리에 생각나는 이름을 말해 버리는 수밖에 없었어요. 그게 몽고메리란 이름이지요. 그러자 줄리아는 다시 매사추세츠의 몽고메리 집안인지 버지니아의 몽고메리 집안인지를 묻지 않겠어요.

줄리아의 어머니는 러더퍼드 가문의 딸이래요. 그녀의 조상은 방주(方舟)를 타고 바다를 건너왔으며, 헨리 8세(15~16세기의 영국 왕으로 로마 교황에게 반항했다.)와 사돈간이었대요. 줄리아의 아버지 쪽 조상은 아담보다 더 오래되었다고 합니다. 그 애네 족보의 제일 높은 곳에는 아주 비단같이 고운 머리와 특별히 긴 꼬리를 가진 우수한 원숭이 종자가 있었을 테죠.

오늘 밤 근사하고, 유쾌하고, 재미있는 편지를 쓰려고 했는데 그만 너무 졸립고 그리고 너무 겁에 질려 버려서 또 재미없는 편지가 되고 말았군요. 이 1학년생의 신세는 행복한 것이 아닙니다.

시험을 앞둔

주디 애버트 올림

일요일

가장 사랑하는 키다리 아저씨께

아주 엄청난 소식을 알려 드리게 되었습니다. 그러나 그 무서운 소식은 조금 있다 말씀드리고 먼저 아저씨의 기분을 좋게 해 드려야겠어요.

제루샤 애버트가 작가로서의 첫발을 내디뎠습니다. 「나의 탑에서」라는 시가 교내 월간 잡지 2월호에 실렸습니다. 그것도 제일 첫 페이지에 실렸어요. 이것은 1학년 학생에게는 정말 명예스런 일입니다. 어젯밤 작문 선생님이 교회에서 나오는 저를 부르시더니 제 시가 아주 잘된 작품이라고 말씀하시며, 단지 여섯 번째 행이 너무 긴 것만이 흠이라고 지적하셨습니다. 아저씨도 제 시를 읽어 보고 싶으시다면 한 권 보내 드릴 수 있어요.

뭐, 또 재미있는 게 없을까? 아참, 그렇지! 저는 스케이트를 배우고 있어요. 혼자서도 꽤 잘 탑니다. 또 체육관 지붕에서 밧줄을 타고 미끄러져 내려오는 법도 배웠어요. 그리고 장대 높이뛰기를 3피트 6인치나 뛰어넘어요. 곧 4피트까지 뛰어 볼 생각입니다.

오늘 아침에는 앨라배마에서 온 목사님이 아주 고무적인 설교를 했습니다. 그분이 인용한 성경 구절은 "비판을 받지 아니하려거든 비판하지 말라.(마태복음 7장 1절)" 였어요. 설교의 내용은 다른 사람의 잘못을 눈감아 주어야 하며, 혹독한 심판으로 남의 기를 죽이는 짓을 범해서는 안 된다는 것이었습니다. 저는 아저씨께서도 이 설교를 들으셨으면 하고 생각해 보았습니다.

지금은 햇빛이 찬란하게 비쳐 아주 눈이 부신 겨울 오후입니다. 전나무에서 고드름이 떨어지고 저를 제외한 온 세상이 무거운 눈에 눌려 있습니다.

그런데 저는 지금 무거운 슬픔에 눌려 있어요.

(주디, 이제 용기를 내어서 그 소식을 알려 드려야만 해! 아무래도 말씀을 드릴 수밖에 없어.)

아저씨는 틀림없이 지금 기분이 좋으시겠지요? 저는 수학과 라틴어 산문에 낙제를 하고 말았습니다. 저는 지금 이 과목들에 대해 개인 교습을 받고 있는 중입니다. 다음 달에 재시험을 치르게 됩니다. 실망하셨다면 용서를 빕니다. 그러나 그렇지 않으시다면 저는 조금도 개의치 않아요. 왜냐하면 저는 그 과목들 외의 여러 가지 것들을 엄청나게 많이 공부했어요. 저는 그동안 열입곱 편의 소설과 많은 시를 읽은 걸요. 『허영의 시장』, 『리처드 피버릴』, 『이상한 나라의 앨리스』 등과 같이 정말 꼭 필요한 것들을 읽었어요. 또한 에머슨의 수필, 록하트의 『스코트 전기(傳記)』, 기번의 『로마제국 흥망사』 제1권, 벤베누토 첼리니의 『자서전』 등이에요. 첼리니는 재미있는 사람이라고 생각지 않으세요? 그는 아침 먹기 전에 산책을 하곤 했는데 우연히 살인을 하게 된 것이지요.

아저씨, 그러니까 제가 라틴어에만 매달린 것보다 훨씬 더 많은 공부를 하였다는 것을 인정하시겠지요? 아저씨, 다시는 낙제를 하지 않겠다고 약속드린다면 이번 한 번만은 용서해 주시겠습니까?

참회복을 입고 회개하는
주디 올림

친애하는 키다리 아저씨께

오늘 밤 좀 쓸쓸하기 때문에 이달 중순의 편지에 또 추가해서 쓰고 있습니다. 밖은 사나운 폭풍으로 인해 눈보라가 제가 있는 탑에 거칠게 몰아칩니다. 대학 구내에는 불이 켜진 곳이 한 곳도 없습니다. 그러나 저는 진한 커피를 마셨기 때문인지 잠이 오지 않습니다.

오늘 저녁에는 제가 샐리, 줄리아 그리고 레오노라 펜튼을 불러 파티를 열었습니다. 파티 음식으로는 정어리 튀김, 구운 머핀, 샐러드, 퍼지(fudge ; 설탕, 버터, 초콜릿 등으로 만든 연한 캔디), 커피 등을 준비했었죠. 파티가 끝난 후 줄리아는 즐거웠다고 말했을 뿐이지만, 샐리는 설거지를 도와 주었어요.

이렇게 잠이 오지 않는 밤에는 라틴어나 공부해 두는 것이 좋겠지만, 저는 라틴어에는 그다지 흥미를 느낄 수 없어요. 우리는 '리비(Livy ; 기원전 59년~기원후 17년까지 살았던 로마의 역사가)' 와 '노년론(老年論)' 을 끝내고 이제 '우정론(友情論)' 에 들어갔습니다.

아저씨, 아주 잠깐만 저의 할머니가 되었다고 생각해 주세요. 샐리는 할머니가 한 분, 줄리아와 레오노라는 두 분의 할머니가 계시대요. 그래서 오늘 저녁 모두들 할머니를 비교하느라고 야단이었습니다. 저는 지금 그저 할머니가 계셨으면 하는 마음뿐이에요. 할머니란 손자들로부터 존경을 받는 존재랍니다. 그래서 아저씨만 괜찮으시다면, 아저씨를 저의 할머니로 모실까 하는데……. 어제 읍에 나갔을 때 연보라색 리본에다 클루니 레이스를 단 아주 예쁜 모자를 보았어요. 할머니의 여든세 살 생신 때 선물로 드릴 생각입니다.

땡~ 땡~ 땡!

교회당 탑의 시계가 열두 번 울렸습니다. 이제 졸린 듯해요.

할머니, 안녕히 주무세요.

할머니를 진정으로 사랑하는
주디 올림

3월 15일(일부를 라틴어로 썼다. 3월 15일은 시저의 암살일로 예언되어 유명하다.)

D. L. L께

저는 라틴어를 공부하고 있는 중입니다. 저는 이제까지 그것을 계속 공부해 왔습니다. 앞으로도 계속해서 그것을 공부할 것입니다. 저는 미래의 어느 순간에도 그것을 공부하고 있게 될 것입니다. 다음 화요일 일곱째 시간에 재시험이 있을 예정인데, 만약 불합격이 된다면 저는 파멸입니다. 그러니 다음 번의 제 편지는 갖출 것을 다 갖추고 행복하며 속박에서 해방된 것이거나 아니면 산산이 부서진 파편뿐일 것입니다.

시험이 끝나면 정중한 편지를 쓰겠습니다. 오늘 밤은 '탈격 독립구(라틴어 문법)'와 긴요한 약속이 있어서 이만 줄이겠습니다.

몹시 바쁜
J. A. 올림

3월 26일

D. L. L 스미스 선생님 귀하

선생님은 저의 질문에 아무런 회답도 보내지 않으시는군요. 선생님은 제가 하는 어떠한 일에도 신경 쓰고 계시지 않는군요. 선생님은 저 지긋지긋한 이사(理事)님들 중에서도 제일 지긋지긋한 이사님인가 보군요. 그리고 저를 대학에 보내신 이유도 선생님의 어떤 관심에 의해서가 아니라 '의무감' 때문이겠지요.

저는 선생님에 관해 하나도 아는 것이 없습니다. 심지어 선생님의 성명도 모릅니다. 어떤 물건을 상대로 편지를 쓴다는 것은 매우 허탈한 일입니다. 분명히 선생님은 제 편지를 읽지도 않고 쓰레기통에 던져 넣으실 거예요. 저는 이제부터는 공부에 관해서만 쓰겠습니다.

저는 라틴어와 기하의 재시험을 지난주에 치렀습니다. 두 과목 모두 합격하여 속박에서 해방되었습니다.

제루샤 애버트 올림

4월 2일

친애하는 키다리 아저씨께
저는 나쁜 애예요.
지난주에 보내 드린 그 건방진 편지의 일은 기억에서 아주 지워 주셨으면 합니다. 제가 그 편지를 쓰던 날 밤은 죽고 싶도록 외롭고 비참한 기분을 느꼈으며, 목까지 아파서 견딜 수 없었습니다. 그때 저는 몰랐지만 편도선염과 유행성 감기를 앓고 있었으며, 다른 여러 가지 병이 겹쳐 있었습니다. 저는 지금 부속 병원에 입원해 있습니다. 입원한 지 엿새가 되는데, 오늘 처음 일어나 앉아 편지를 쓰는 것을 허락받았습니다. 수간호사는 '굉장히 잰 체하는' 여자예요. 저는 이렇게 아팠지만 한시도 그 편지에 관해 걱정하지 않은 적이 없었습니다. 아저씨가 저를 용서해 주셔야만 병이 나을 것 같습니다.

이 그림이 제 모습입니다. 머리에 붕대를 감았는데 그 끝이 토끼 귀처럼 보입니다.

이 그림을 보시고 불쌍하다고 생각지 않으세요? 저는 지금 설하선(舌下腺)이 부어 있습니다. 일년 동안이나 생리학을 공부했지만 설하선이란 말은 한 번도 못 들어봤어요. 얼마나 쓸모 없는 교육입니까!

이제 더 이상 쓸 수 없습니다. 현기증을 느끼기 때문에 오래 앉아 있을 수가 없습니다. 건방지고 배은망덕한 저의 행동을 용서해 주시기 바랍니다. 저는 제대로 예절을 배우고 자라진 못했는 걸요.

사랑을 보내면서
주디 애버트 올림

4월 4일, 병원에서

사랑하는 키다리 아저씨께

어제 저녁 땅거미가 질 무렵 제가 침대에서 일어나 앉아 창밖에 내리는 비를 보면서 큰 병원에서의 생활에 아주 진저리를 느끼고 있을 때, 간호사가 기다란 흰 상자를 제게 가져다주었습니다. 그 상자는 너무나도 아름다운 분홍색 장미꽃으로 꽉 차 있었습니다. 제가 더욱 기뻤던 것은 그 안에 있던 아주 정중한 글이 쓰여진 카드였습니다. 글씨는 좀 이상하게 위로 올라가는 경향이 있는 좌사경체(左斜傾體)였지만 개성이 뚜렷해 보이는 필체였어요. 아저씨, 정말 감사합니다. 아저씨가 보내 주신 꽃은 제가 태어나서 처음 받은 진정한, 참된 선물이었습니다. 제가 얼마나 어린애 같으면! 그것을 보고 저는 너무 기뻐서 엎드려 마구 울었어요.

아저씨가 제 편지를 읽으신다는 것을 이제 확인했으니까, 저는 편지를 더욱 재미있게 쓸 참입니다. 그러면 그것들은 붉은 끈으로 묶어 금고에 잘 간직할 가치가 있게 되겠지요. 다만 그 건방진 편지는 꺼내어 태워 주세요. 아저씨가 그것을 처음부터 끝까지 읽으셨다는 생각만 해도 부끄러워 견딜 수 없습니다.

병이 심해서 침울하고 언짢은 기분 속에 있던 1학년생을 유쾌하게 만들어 주셔서 감사합니다. 아저씨께서는 사랑하는 가족과 친구가 많이 있을 테니까 외롭다는 것이 무엇인지 모르실 줄 압니다. 그러나 저는 고독이라는 것에 익숙해 있습니다.

안녕히 계십시오. 절대 다시는 그런 경솔한 짓을 하지 않을 것을 약속합니다. 왜냐하면 이제 저는 아저씨가 진짜 사람이라는 것을 알았기 때문입니다. 저는 또한 회답을 바란다면 이것저것 질문하는 등의 쓸데없는 행동을 더 이상 하지 않을 것을 약속합니다.

그런데 아저씨는 아직도 소녀를 싫어하세요?

영원히 변치 않는
주디 올림

월요일, 8교시 중에

친애하는 키다리 아저씨께

설마 아저씨가 두꺼비 위에 앉았던 이사님은 아니시죠? 두꺼비가 '빵' 하고 터졌다고 하던데, 아마도 그 이사님은 뚱뚱한 분이었겠죠.

아저씨는 존 그리어 고아원의 세탁실 창문가에 창살 뚜껑으로 덮인 작은 구멍들이 있는 것을 기억하시는지요? 봄이 되어 두꺼비들이 잠에서 깨어 나오면 그것들을 잡아서 그 창가의 구멍 속에 넣어 두곤 했지요. 그런데 가끔 두꺼비들이 그곳에서 세탁실 안으로 뛰어 들어가서, 세탁하는 날 꽤 재미있는 소동을 일으켰었지요. 우리는 이런 장난 때문에 힘든 벌을 받기도 했지만 아무리 야단을 맞아도 두꺼비 잡는 일을 그만둘 수는 없었어요.

그런데 어느 날 아주 크고 뚱뚱하게 살이 찐 두꺼비 한 마리가 이사님들의 방에 들어가 가죽 의자 중 하나에 올라가 앉았지요. 그래서 그 날 오후 이사 회의 때 그만…… 아저씨도 그때 그곳에 계셨을 테니 이 얘기는 여기서 그만 하지요.

상당한 기간이 지난 지금 차분히 돌이켜 생각해 보니 벌을 받아 마땅했으며, 저의 기억이 확실하다면 그 벌은 당연한 것이었습니다.

제가 왜 이렇게 지난날을 회상하게 되는지는 모르겠습니다. 다만 봄이 되어 두꺼비가 다시 나타나면 옛날의 수집 본능이 눈을 뜨기는 합니다. 하지만 제가 두꺼비를 잡지 않고 있는 단 한 가지의 이유는 바로 금지한다는 규칙이 없기 때문입니다.

목요일, 예배가 끝난 뒤에

아저씨, 제가 제일 좋아하는 책이 어떤 것인지 아세요? 지금 이 시간에 제일 좋아하는 책 말입니다. 저는 사흘에 한 권꼴로 새 책을 보니까요. 그건 바로 『폭풍의 언덕』입니다. 에밀리 브론테는 아주 어려서 이 소설을 쓰기 시작했으며, 그녀는 그때까지 헤이워드 교회 구내 외의 다른 어떤 곳도 가 본 일이 없었어요. 그리고 그녀는 평생 남자를 몰랐지요. 그런데 어떻게 그녀가 히드클리프라는 남자를 그려낼 수 있었을까요?

저라면 그런 남자를 소설 속에서 묘사할 수는 없었을 거예요. 저는 아주 어리고, 존 그리어 고아원 밖으로 나가 본 적도 없어요. 그러니 저도 소설을 쓸 기회가 없었다고는 말 못하겠죠. 때때로 제가 천재가 못 된다는 무서운 생각에 두려움을 느낍니다. 제가 위대한 작가가 못된다면 아저씨는 크게 실망하실 테지요?

봄이 되어 만물이 싹트고 푸름과 아름다움으로 가득 차게 된다면, 저는 봄을 즐기고 싶어져요. 들에 나가면 많은 신기한 것들을 볼 수 있어요. 책을 쓰는 것보다 책의 내용대로 사는 것이 훨씬 더 즐겁지요.

아이고머니!

이 비명 때문에 샐리와 줄리아 그리고 4학년생이 달려왔어요. 그 비명의 원인은 그림에서 보시는 지네 때문입니다. 지네는 그림보다 훨씬 더 징그러워요. 제가 마지막 문장을 끝내고 다음 문장엔 무엇을 쓸까 고민하고 있는데 천장에서 제 옆으로 툭 떨어졌어요. 저는 갑자기 나타난 이 벌레에 놀라서 그만 티 테이블 위의 컵 두 개를 떨어뜨렸어요. 샐리가 제 헤어 브러시의 등으로 그것을 때렸어요. 이제 전 이 헤어 브러시를 다시 쓸 생각이 없어요. 앞의 머리는 죽었으나 뒤쪽 50개의 다리는 살아남아 옷장 밑으로 도망가 버렸어요.

이 기숙사는 지은 지가 오래되고 담쟁이로 덮인 벽 때문인지 지네가 많습니다. 그놈들은 정말 징그러워요. 전 오히려 침대 밑에서 호랑이가 뛰쳐나오는 것이 낫다고 생각해요.

금요일 오후 9시 30분

정말 운 나쁜 날입니다. 아침에는 기상 종소리를 듣지 못하는 바람에 허둥지둥 옷을 입느라 구두끈을 끊어뜨리고, 칼라 단추는 목 속으로 떨어뜨렸어요. 아침 식사 시간에도, 첫 수업 시간에도 늦어 버리고 말았습니다. 또한 제 만년필이 새는데 압지를 가져가는 것을 잊어버렸어요. 기하 시간에는 선생님과 제가 삼각함수 문제로 약간의 의견 대립이 있었는데, 나중에 자세히 보니까 선생님이 옳으시다는 것을 알았어요. 점심에는 양고기 스튜와 파이플랜트(Pie-plant ; 신맛이 나는 잎줄기를 설탕을 넣고 쪄서 파이로 먹는다. 한자어로 '大黃'이라고 함.)가 나왔어요. 이 두 가지에는 고아원 냄새가 배어 있기 때문에 저는 이것들을 정말 싫어해요. 제게 오는 우편물이라고는 청구서뿐이에요(하기야 우리 가족 중에 편지를 쓰는 사람은 존재하지 않으니까 저한테 올 편지는 당연히 없겠지만 말이에요.). 오후의 국어 시간에는 의외로 감상문 쓰기를 했어요. 다음의 시를 읽은 뒤의 감상을 말이에요.

난 다른 것은 아무것도 요구하지 않았고,
다른 것은 아무것도 거절당하지 않았다.
그 대가로 생명을 바치니
위대한 그 상인(商人)이 미소를 짓는다.

브라질이라고? 그는 내 쪽을 보지도 않고,

단추를 만지작거렸다.
그러나 마님, 우리가 오늘 보여 줄 수 있는 것은
아무것도 없단 말입니까?

이것이 시랍니다. 저는 작가가 누구인지도 모르겠으며, 무슨 뜻인지도 알 수 없어요. 우리가 교실에 들어가니까 이미 이것이 칠판에 적혀 있었고, 우리보고 이것에 대한 감상문을 쓰라는 것이었어요.

저는 첫째 연을 읽었을 때 무얼 뜻하는지 알 것 같았어요. 위대한 상인은 덕행에 대해서 축복을 베풀어 주시는 신(神)을 상징한다고 생각했지요. 그런데 둘째 연에서 그가 단추를 만지작거린다고 하니 이것은 신을 모독하는 행위가 될 것이므로 저는 급히 그 생각을 바꾸었어요. 같은 반의 다른 학생들도 무척 힘들어했어요. 우리는 아무 생각도 할 수 없는 사람처럼 45분간 종이에 아무것도 쓰지 못한 채 앉아만 있었어요. 교육을 받는다는 것이 이렇게 힘든 과정일 줄은 몰랐어요!

불운이 이것으로 끝난 것은 아니랍니다. 그다음에 더 나쁜 일이 일어났습니다.

비 때문에 골프를 칠 수 없게 되어 대신 우리는 체육관으로 갔습니다. 제 옆에 있던 학생이 체조 곤봉으로 제 팔꿈치를 쳤습니다. 기숙사에 돌아오니까 새로 맞춘 제 푸른색 봄옷이 담긴 상자가 도착해 있었어요. 그런데 스커트 폭이 너무 좁아 그것을 입고선 앉을 수도 없었어요.

또한 금요일은 청소하는 날인데, 청소부가 제 책상 위의 종이들을 엉망으로 어질러 놓았어요.

그뿐만이 아니에요. 저녁에 나온 디저트(젤라틴이 섞인 바닐라를 탄 밀크)는 비석 같은 맛이었어요. 저녁 식사 후 예배 시간에는 여자다운 여자에 대해 설교를 듣느라고 평소보다 20분이나 더 오래 갇혀 있었습니다.

그런 후에 겨우 안도의 한숨을 쉬면서 『귀부인의 초상화』를 막 읽으려고 하는데, 애킬리라는 푸르퉁퉁하게 생기고 항상 얼간이 같은 짓만 골라 하는 애가 들어와서 월요일 라틴어 수업이 69절부터 시작하는지 아니면 70절부터 시작하는지를 묻더니 한 시간이나 앉아 있다 조금 전에야 나갔어요. 그 애 이름이 A로 시작되기 때문에 라틴어 시간에 제 옆에 앉습니다(리페트 원장님이 제 성을 Z로 시작하는 자브라스키로 지어 주셨다면 얼마나 좋았겠어요.).

아저씨, 이렇게 운 나쁜 일들이 연속적으로 일어났다는 얘기를 들은 기억이 있으신지요? 인격이 요구되는 것은 인생에서 큰 어려움에 부딪혔을 때뿐만이 아닙니다. 누구든지 위기를 당하면 분발할 수 있고 닥쳐오는 커다란 비극에 용기를 가지고 맞설 수 있으나, 일상의 생각지도 않은 사소한 사고들을 웃음으로 맞으려면 정말 쾌활한 성격이 필요하다고 생각합니다.

제가 지금 노력하고 있는 것은 바로 이런 성격을 형성하려는 것입니다. 저는 인생이란 가능한 한 능숙하게, 또한 정정당당하게 싸워야 하는 게임에 지나지 않는다고 생각하려 합니다. 만약 지면 어깨를 으쓱하면서 웃어 보일 것입니다. 물론 이겨도 마찬가지겠지요.

하여간 저는 운동가와 같은 사람이 되려고 노력합니다. 아저씨, 줄리아가 명주 양말을 신었다고, 지네가 벽에서 떨어졌다고 제가 투덜대는 일은 다시없을 것입니다. 절대 불평을 하지 않겠습니다.

영원히 아저씨의 벗인
주디 올림
(곧 회답을 주세요.)

5월 27일

키다리 아저씨 귀하

저는 리페트 원장님으로부터 편지를 받았습니다. 리페트 원장님은 저더러 행실도 단정히 하고 공부도 열심히 하라고 당부하셨습니다. 제가 이번 여름 방학 때 갈 곳이 없을 테니까, 그녀는 제가 고아원으로 돌아와서 대학이 개학할 때까지 그곳에서 일을 하면서 숙식을 제공받으라고 합니다.

저는 존 그리어 고아원은 정말 싫습니다. 저는 그곳으로 갈 바에야 차라리 죽겠습니다.

제루샤 애버트 올림

친애하는 키다리 아저씨께

아저씨는 정말 친절하신 분입니다(이 편지는 프랑스어를 섞었다.).

농장에 간다고 생각하니 저는 무척이나 흥분되는군요. 왜냐하면 저는 농장이라는 데를 아직 한 번도 가 본 적이 없을뿐더러 존 그리어 고아원에 돌아가서 여름 내내 그릇이나 닦는 것은 정말 싫으니까요. 제가 고아원에 다시 가게 되면 무서운 일이 일어날지도 몰라요. 왜냐하면 옛날의 겸허한 마음은 이제 사라졌으므로 어쩌다 감정이 폭발하여 고아원의 컵이나 접시를 모두 깨버릴 것 같은 두려움이 있기 때문입니다.

이런 종이에 너무 짤막한 편지를 써서 죄송합니다. 지금은 프랑스어 수업 중이어서 더 이상 소식을 전할 수 없습니다. 교수님이 이제 곧 이름을 불러 무엇을 시킬지도 모르니까요.

아! 드디어 제 이름을 부릅니다!

안녕히 계십시오.

아저씨를 대단히 사랑합니다.

주디 올림

5월 30일

친애하는 키다리 아저씨께

아저씨는 저희 대학에 와 보셨습니까?(이건 단순한 수사적인 질문일 뿐이니까 신경 쓰실 필요는 없어요.) 이곳의 5월은 마치 천국과 같아요. 모든 관목들이 꽃을 피우고, 큰 나무들은 아름다운 신록으로 옷을 갈아입고, 심지어 늙은 소나무조차 새롭고 싱싱한 느낌입니다. 풀밭 여기저기에는 노란 민들레가 피어 있고 청색, 흰색, 분홍색 옷을 입은 수백 명의 여학생들이 여기저기 흩어져 있습니다. 방학이 곧 시작되므로 모든 학생들은 밝고 즐거운 기분입니다. 방학을 생각하니 시험도 걱정거리가 되지 않습니다. 이러한 마음이 곧 우리가 갖고 싶은 행복한 마음이 아닐까요?

아, 그리고 아저씨, 저는 그 가운데서도 가장 행복해요! 왜냐하면 저는 이제 더 이상 고아원에 있지도 않으며, 더 이상 아이들을 돌보지 않아도 되고, 타이핑이나 장부 정리를 하지 않아도 되니까요. 사실은 아저씨가 아니었더라면 지금도 이런 일들을 하고 있을 거예요.

지난날의 모든 잘못을 사과합니다.

제가 늘 리페트 원장님에게 건방졌던 것을 사과합니다.

프레디 퍼킨스의 따귀를 때린 것도 사과합니다.

설탕 그릇에 소금을 넣은 것을 사과합니다.

이사님들의 등 뒤에서 얼굴을 찡그렸던 것을 사과합니다.

저는 이제 더없이 행복하므로 모두에게 상냥하고 친절하며 좋은 일을 하려 합니다. 그리고 이번 여름 방학에는 가능한 한 많은 것을 써서 훌륭한 작가로의 제 일보를 내디딜 생각입니다. 이 얼마나 의기양양한 기분입니까! 참, 그리고 아름다운 성격을 기를 작정입니다! 제 성격은 엄동설한에는 시들지만 따스한 햇살만 비치면 빨리 자란답니다.

이것은 누구의 경우에나 마찬가지입니다. 역경과 슬픔 그리고 실망이 도덕적 정신력을 키워 준다는 이론에 저는 찬성할 수 없습니다. 행복한 사람일수록 남에게 친절을 더 잘 베풀 수 있는 것입니다. 저는 염세주의자를 믿지 않습니다(염세주의자란 말은 참 멋진 말이지요. 이제 막 배운 말이에요.). 아저씨는 염세주의자가 아니시겠지요?

참, 제가 학교에 대한 얘기로 편지를 시작했었지요. 저는 아저씨가 잠깐이라도 이곳에 들러 주시기를 원합니다. 오시면 제가 아저씨를 여기저기 안내해 드리면서 "저것은 도서관입니다. 아저씨, 여기는 가스 실이랍니다. 아저씨 왼편에 있는 고딕식 건물은 체육관이며, 그 옆에 있는 튜더풍의 로마네스크식 건물이 새로 지은 부속 병원입니다."라고 말씀드릴 수 있을 텐데요.

저는 사람들을 안내하는 일을 곧잘 해요. 저는 고아원에서 줄곧 안내를 해 왔으며, 여기서도 오늘 하루 종일 안내를 했어요. 아주 열심히 했지요.

그리고 또, 남자를 안내했어요!

이것은 참 특별한 경험이었어요. 저는 남자와 대화를 나눈 적이 없어요(때로 이사님들과는 얘기를 한 적이 있지만 그건 계산에서 제외하고요.). 아저씨, 용서하세요. 제가 이사님들을 나쁘게 말하는 것은 아저씨의 기분을 상하게 하기 위한 것은 아니에요. 저는 아저씨가 다른 이사님들과 같다고는 생각지 않는 걸요. 아저씨는 단지 우연히 이사가 되신 거겠죠. 소위 이사라는 사람들은 비대하고, 우쭐거리며, 동정심이 많은 체하지요. 이사들은 아이들의 머리를 쓰다듬어 주며, 금시곗줄을 늘어뜨리고 있지요.

이 그림은 꼭 6월의 빈대같이 생겼지요? 그러나 이것은 아저씨를 제외한 다른 이사들의 그림일 뿐이에요.

그러면 이야기를 다시 시작하지요.

저는 이제까지 그 남자와 함께 걷고 대화하고 차를 마셨습니다. 그분은 아주 훌륭한 분인데, 줄리아네 집안의 저비스 펜들턴 씨입니다. 짧게 말하면(길게라고 해야겠군요. 그분도 아저씨만큼이나 키가 크니까요.), 줄리아의 아저씨입니다. 일 때문에 읍에 오셨다가 조카를 보기 위해 우리 대학에 잠깐 들르신 거예요. 그분은 줄리아 아버지의 막내 동생인데, 줄리아는 그분과 그렇게 친하게 지내지는 않는 것 같아요. 그분은 줄리아를 어린애일 때 잠깐 보곤 그 이후에는 전혀 관심을 보이지 않았대요.

그분은 응접실에서 모자, 지팡이, 장갑을 옆에 놓고 앉아 있었는데 아주 품위 있게 보였어요. 줄리아와 샐리는 7교시 수업이 있어서 시간을 낼 수 없었어요. 그래서 줄리아는 제 방으로 달려와 그분을 안내해서 교내를 두루 구경시켜 드리고 나서 7교시 수업이 끝날 때쯤 자기한테 와 달라고 부탁했어요. 저는 펜들턴 집안 사람은 별로 관심이 없었기 때문에 그저 마지못해서 그렇게 하겠노라고 승낙했지요.

그러나 직접 대해 보니까 아주 상냥한 분이더군요. 그분은 정말 순수한 분이셨어요. 전혀 펜들턴 가문 사람으로 생각되질 않았지요. 우리는 정말 즐거웠어요. 그래서 저는 아저씨가 한 분 계셨으면 하는 생각이 났어요. 아저씨를 진짜 저의 아저씨라 생각해도 괜찮겠지요? 아저씨가 할머니보다 더 좋을 것 같다는 생각입니다.

아저씨, 펜들턴 씨는 20년 전의 아저씨를 연상시켜 주었어요. 아저씨와 저는 서로 만나지 않았지만, 저는 아저씨를 친숙하게 잘 알고 있지요!

그분은 키가 크고 마른 편인데, 거무스름한 얼굴에 주름이 많았어요. 그런데 입 끝에 약간 주름살을 지게 하면서 묘하게 살짝 웃어요. 그리고 그분은 초면인데도 곧 오래된 친구처럼 느껴졌어요. 그분은 사귀기가 정말 편해요.

우리는 안뜰에서 운동장까지 두루 산책했는데, 그분이 좀 피곤하니까 차나 마시자고 말했어요. 그분은 소나무 사이를 잠깐 걸어가면 되는, 학교 바로 밖에 있는 대학 식당에 가자고 제의했어요. 제가 줄리아와 샐리에게로 돌아가야 한다고 말하니까 그분은 조카에게 홍차를 너무 많이 마시게 하고 싶지 않다고 했어요. 홍차를 너무 많이 마시면 신경질적이 된다나요. 그래서 우리는 살짝 가서 발코니의 아담하고 예쁜 테이블에 자리를 잡고 앉아 홍차, 머핀, 마멀레이드(marmalade ; 오렌지 또는 레몬 따위로 만든 잼) 그리고 아이스크림과 케이크를 먹었어요. 식당은 마침 텅 비어 있었어요. 월말이 되니 용돈이 떨어졌기 때문일 테지요.

우리는 정말 유쾌한 시간을 가졌어요! 그러나 그분은 돌아오자마자 기차를 놓치지 않기 위해 급히 달려가야 했습니다. 그래서 줄리아를 얼핏 만나 보고 떠났어요. 줄리아는 아저씨를 데리고 나갔다고 화가 이만저만이 아니었습니다. 그분은 아주 돈이 많은 부자인데다 조카들에게 인기가 있는 아저씨인가 봐요. 그분이 부자라니까 다행이에요. 식당에서 먹은 것들이 한 사람분에 60센트짜리인 걸요.

오늘 아침(월요일이 되었습니다.) 그분으로부터 줄리아, 샐리 그리고 저에게 보내는 초콜릿 세 상자가 속달로 배달되었어요. 아저씨, 이 일을 어떻게 생각하시는지요? 남자한테서 초콜릿을 선물받다니!

저는 이제 고아가 아니라 숙녀라는 느낌을 갖기 시작했어요.

저는 언젠가 아저씨가 여기 오셔서 홍차를 마시면서 제 마음에 드는 분인지를 보여 주셨으면 얼마나 좋을까 하고 생각합니다.

그러나 아저씨가 제 마음에 안 든다면 정말 큰일이지요? 그러나 저는 아저씨가 꼭 제 마음에 들 것이라는 걸 느낄 수 있어요.

그러면, 자! 아저씨께 경의를 표하겠어요.

"저는 결코 아저씨를 잊지 않겠어요." (이 구절은 프랑스어로 썼다.)

주디 올림

오늘 아침 일어나 거울을 보니까 여태까지 보지 못했던 완전히 새로운 보조개가 생겨 있었어요. 참 이상한 일이에요. 아저씨는 이 보조개가 어디에서 생겼다고 생각하세요?

6월 9일

친애하는 키다리 아저씨께

정말 즐거운 날이에요! 저는 지금 막 마지막 시험인 생리학 시험을 끝마쳤어요. 그러면 이제 석 달 동안을 농장에서 보내는 거예요.

저는 농장이 어떤 곳인지 알지 못해요. 저는 아직까지 농장이라는 데를 가 본 일이 없었으니까요(차창으로 본 것 외에는). 농장이라는 곳을 밖에서도 바라본 적이 없어요. 그러나 저는 농장을 좋아할 것 같아요. 그리고 자유라는 것을 한껏 즐길 거예요.

저는 아직 존 그리어 고아원에서 나왔다는 것에 익숙하지 못하답니다. 고아원을 생각할 때마다 두려움으로 등골이 오싹합니다.

저는 리페트 원장님이 제 등을 잡으려고 팔을 뻗으며 뒤쫓아오지 않나 하고 어깨 너머로 보면서 더 빨리 뛰지 않으면 안 되겠다고 생각합니다.

제가 올 여름에는 누구에게도 마음 쓰지 않아도 되겠죠, 네? 아저씨의 형식적인 권위는 제게 조금도 부담이 되지 않아요.

아저씨가 저를 귀찮게 하기에는 너무 멀리 떨어져 계시지요. 저에 관한 한 리페트 원장님은 영원히 죽은 거예요. 그리고 샘플 씨 부부는 저의 정신 생활을 감시할 까닭은 없겠죠. 그래요, 확실히 그럴 이유는 없어요. 저는 이제 완전히 어른이 된 걸요. 만세! 이제 짐을 꾸리기 위해 편지를 줄여야겠어요. 짐은 트렁크 한 개, 홍차 주전자와 접시 그리고 방석과 책을 넣은 상자 세 개입니다.

영원한 아저씨의 벗인
주디 올림

추신

여기 생리학 시험 문제를 함께 보내 드립니다. 아저씨는 이 문제를 풀 수 있으시겠어요?

토요일 밤, 록 윌로 농장에서

사랑하는 키다리 아저씨께

저는 이제 막 도착하여 짐도 풀지 않았으나 농장이 얼마나 좋은 곳인가를 아저씨에게 알려 드리는 것이 우선이라 생각해요. 이곳은 정말 '천국'입니다! 이렇게 좋은 곳이 또 어디 있겠어요.

집은 그림과 같이 네모져 있습니다. 그리고 오래된 집이에요. 1백 년 이상 되었나 봐요. 이 집엔 제가 그릴 수 없는 쪽으로 베란다가 있

고, 앞에 조그맣게 보기 좋은 현관이 있어요. 그림으로는 제대로 나타
내지 못했지만 새털로 만든 먼지떨이처럼 그린 것은 단풍나무이고 찻
길 양옆에 있는 가시가 삐죽삐죽 달린 것은 산들거리는 소나무입니다.
이 집은 언덕 꼭대기에 있어 몇 마일이나 이어진 초원과 멀리 언덕들의
능선까지 바라볼 수 있습니다.

　이것이 코네티컷 주 지형의 특색으로 언덕들이 물결과 같이 굽이
쳐 나아가고 있습니다. 그런데 록 윌로 농장이 바로 그 물결의 꼭대기
에 위치하고 있는 것입니다. 전에는 길 건너의 창고들 때문에 전망이
가려졌었는데, 고맙게도 하늘에서 번갯불이 떨어져 모두 태워 버렸대
요.

　이 농장에 있는 사람은 샘플 씨 부부와 일하는 처녀 한 명과 일꾼 두
명이에요. 일꾼들은 부엌에서 식사를 하고, 샘플 씨 부부와 저는 식당
에서 식사를 해요. 우리의 저녁 식단엔 햄 · 달걀 · 비스킷 · 꿀 · 젤
리 · 케이크 · 파이 · 피클 · 치즈가 있었고, 홍차까지 마셨으며, 저녁을
먹는 동안 이것저것 많은 얘기를 했어요. 저는 이제까지 이렇게 사람들
을 웃겨 본 일은 처음인 것 같아요. 제가 말하는 것은 무엇이든 우스운

가 봐요. 이것은 아마 제가 시골에 와 본 적이 전혀 없는데다 제 질문에서 어처구니없는 무지가 드러났기 때문일 거예요.

십자 표를 한 방은 살인 사건이 일어난 곳이 아니라 제가 생활할 방입니다. 제 방은 크고 네모지며 오래된 훌륭한 가구와 막대기로 받쳐서 열 수 있는 창문들이 있고, 금박으로 가장자리가 장식된 녹색 차일이 있습니다. 그런데 이 금박은 손으로 만지면 떨어집니다. 그리고 아주 큰 네모진 마호가니 책상이 있습니다. 저는 이 책상 위에 팔꿈치를 올려놓고 소설을 쓰면서 여름을 날 생각입니다.

아저씨, 저는 아주 흥분되어 있어요! 사방을 살펴보고 싶어 내일까지 기다릴 수가 없어요. 지금은 저녁 8시 30분이지만 촛불을 끄고 잠을 청해 봐야겠어요. 이곳에서는 5시가 기상 시간이랍니다. 아저씨는 이런 재미를 아시는지요? 지금의 제가 정말 주디인지 믿어지지가 않습니다. 아저씨와 주님께서 저에게 분에 넘치는 은혜를 주셨습니다. 저는 훌륭한 사람이 되어 이 은혜에 보답하겠어요. 저는 지금 훌륭한 사람이 되어 가고 있어요. 두고 보세요.

안녕히 주무세요.

주디 올림

추신

개구리들과 새끼 돼지들의 울음소리를 아저씨께 들려 드리고 싶습니다. 그리고 저 초승달도 보여 드릴 수 있으면 좋을 텐데요! 달이 저의 오른쪽 어깨 너머로 보입니다.

7월 12일, 록 윌로에서

친애하는 키다리 아저씨께

아저씨의 비서가 어떻게 이 록 윌로 농장을 아는지요?(이것은 수사학적 질문이 아닙니다. 저는 진정으로 알고 싶습니다.) 좀 들어보세요. 저비스 펜들턴 씨가 과거에 이 농장의 주인이었는데 지금은 늙은 샘플 부인에게 주었지요. 아저씨, 이렇게 재미있는 우연의 일치가 있을까요? 샘플 부인은 그분을 "저비 도련님."이라고 부르면서 어릴 때의 그분이 얼마나 사랑스러웠는지에 대해 말해요. 부인이 상자에 넣어 보관하던 그분의 어릴 적 머리칼을 보았는데 빨갛더군요. 적어도 불그스름은 해요.

제가 저비 도련님을 안다고 하니까 샘플 부인은 저에게 아주 친절하게 대해 주었어요. 펜들턴 집안 사람을 안다는 게 록 윌로 농장에서는 가장 훌륭한 소개장이에요. 그중 저비 도련님의 인기가 최고랍니다. 줄리아는 전혀 인기가 없어요. 고소하지요.

농장에서 재미나는 일이 점점 늘어납니다. 저는 어제 건초를 나르는 마차를 타 보았습니다. 이곳에는 세 마리의 큰 돼지와 아홉 마리의 새끼 돼지가 있는데, 정말 잘 먹어요. 그놈들은 '정말' 돼지들이에요! 이곳에서는 또한 아주 많은 귀여운 병아리, 오리, 칠면조, 꿩을 키우고 있습니다. 아저씨는 농장에서 살 수 있는데도 불구하고 도시에서 살고 있는 것을 보니 저로선 도저히 이해가 안 가는군요.

달걀을 찾아 모으는 것이 매일 제가 할 일입니다. 어제 저는 검은 암탉이 숨어 들어간 둥지로 가기 위해 창고의 대들보를 기어가다가 그만 떨어지고 말았습니다. 제 무릎이 벗겨진 것을 보고 샘플 부인은 개암나무 껍질로 싸매 주면서 "저런저런! 저비 도련님도 바로 그 대들보에서 떨어져, 바로 그쪽 무릎을 다친 것이 어제 같은데." 하고 연신 중얼거렸습니다.

이곳은 참으로 주변 경치가 아름다운 곳입니다. 계곡과 강이 하나씩 있고, 울창한 삼림이 있는 언덕들이 여러 개 있으며 그리고 멀리에는 입에 넣으면 곧 녹아 버릴 듯한 높고 푸른 산이 있습니다.

우리는 일주일에 두 번씩 크림을 휘저어서 버터를 만듭니다. 크림은 돌로 만든 저장실에 보관하는데 이 저장실 아래에는 냇물이 흐르고 있어 언제나 신선합니다.

이 지방의 일부 농부들은 분리기를 사용해 버터를 만들지만 록 윌로 농장에서는 그런 신식 기계에는 별로 관심을 갖지 않습니다. 우유에서 크림을 분리하기는 좀 힘이 들지만 그런 대로 아주 잘됩니다. 송아지가 여섯 마리 있는데 여섯 마리의 송아지에게 각각 이름을 지어 주었어요.

1. 실비아—왜냐하면 숲에서 태어났기 때문이지요.
2. 레스비아—카툴루스(Catullus ; 로마 시대의 시인)의 시에 나오는 레스비아 섬의 이름을 따서.

3. 샐리—유난히 친근감이 들기 때문이에요.

4. 줄리아—얼룩이 져 있고, 거만하고, 특징이 없는 동물이니까.

5. 주디—가장 예쁘게 생겨서 제 이름을 땄지요.

6. 키다리 아저씨—아저씨는 개의치 않겠죠? 그놈은 순수한 저
   지 종인데 성품이 순해요. 그놈은 이렇게 생겼죠. 이름을 얼
   마나 잘 지었는지 인정하시겠지요?

저는 불후의 명작을 집필할 시간이 도저히 나지 않는군요. 농사일이 무척 바빠서요.

늘 아저씨의 벗인
주디 올림

추신 1.

저는 도넛 만드는 법을 배웠어요.

추신 2.

만약 양계를 하실 생각이 있으시면 버프오핑톤스를 기르세요. 솜털이 전혀 없어요.

추신 3.

제가 어제 만든 싱싱하고 맛있는 버터를 한 덩어리 아저씨에게 보내드릴 수 있으면 좋을 텐데요. 저는 이제 버터를 썩 잘 만든답니다.

추신 4.

아래 그림은 미래의 대문호인 애버트 양이 소를 몰고 집으로 가는 모습입니다.

일요일

친애하는 키다리 아저씨께

참 이상한 일이 생겼어요. 어제 오후 아저씨께 보낼 편지를 쓰기 시작했는데 기껏 쓴 것이 "친애하는 키다리 아저씨께."라는 서두를 썼을 뿐이었어요. 그것을 썼을 때 저는 저녁 식사 때 먹을 검은 딸기를 따겠다고 약속한 일이 떠올라 편지 쓰던 것을 책상 위에 그대로 놓고 밖으로 나갔어요. 그런 후 오늘 다시 책상에 가 봤더니 편지지 한가운데 무엇이 있었는지 아세요? 그것은 진짜 장님 거미였어요!

저는 그놈의 한 다리를 아주 조심스럽게 잡아 창문 밖으로 떨어뜨렸어요. 저는 장님 거미를 절대 해치지 않겠어요. 그놈들을 보면 늘 아저씨가 떠오르는 걸요.

우리는 마차를 타고 읍내의 교회에 갔어요. 작고 아담한 이 교회는 첨탑이 있는 흰 건물로 앞면에는 세 개의 도리아식 기둥을 가지고 있지요(아마 이오니아식인지도 모르겠어요. 저는 이것들이 잘 구별이 안 가요.).

모든 사람들이 졸린 듯이 종려나무 잎사귀로 부채를 부치고 있었고, 목사의 설교는 계속 졸음을 몰고 왔으며, 설교 소리 이외에 들리는 유일한 소리는 밖에 있는 나무에 매달려 우는 매미 소리뿐이었어요. 일어서서 찬송가를 부르기 전까지 줄곧 졸고 있었는데 설교를 듣지 않는 것이 아주 미안했어요. 다음과 같은 찬송가를 선택한 사람의 심리를 알면 좋겠어요. 이런 가사예요.

세상의 즐거움과 오락을 버리고
나와 천국의 기쁨을 함께하세.
그렇지 않으면 친구여 영원히 이별하세.
이제 네가 지옥에 떨어져도 나는 내버려두겠네.

샘플 씨 부부와 종교 문제를 토론하는 것은 위험하다는 것을 알았어요. 그분들의 신(그들의 옛 청교도 선조로부터 고스란히 물려받은 것이죠.)은 편협하고 불합리하며, 불공평하고 천하며, 복수심이 강하고 완고합니다. 제가 누구한테서든 어떤 신도 상속받지 않은 것은 정말 다행이에요! 저는 하느님을 제 뜻대로 만들 수 있어요. 저의 하느님은 친절하시고 동정심이 많으며, 상상력이 풍부하고 너그러우며, 이해심이 깊어요. 그리고 또 유머 감각도 있어요. 저는 샘플 씨 부부를 무척 좋아해요. 그분들의 이론보다는 그들의 실천이 훨씬 더 훌륭해요. 그분들은 그들의 하느님보다도 더 훌륭해요. 제가 그분들에게 이런 말을 했더니 그분들은 아주 당황해했어요. 그들은 제가 신을 모독한다고 생각하고 있어요. 그러나 저는 그들이 신을 모독하고 있다고 생각하는 걸요! 우리는 종교에 관한 얘기는 더 하지 않았어요.

지금은 일요일 오후입니다. 면도를 해서 얼굴이 빨개진 농장의 일꾼 아마사이가 자주색 넥타이에 밝은 노란색 사슴 가죽 장갑을 끼고 지금 막 하녀 캐리와 함께 마차를 타고 나갔어요. 캐리는 빨간 장미가 가장자리에 장식된 커다란 모자를 쓰고, 남색 모슬린 옷을 입고, 머리는 아주 곱슬거리게 말았습니다. 아마사이는 오전 내내 마차를 닦고 있었으며, 캐리는 점심을 준비해야 한다는 핑계로 교회에 가지 않았으나 사실은 모슬린 옷을 다리기 위해서 그랬습니다.

2분 뒤 이 편지를 모두 쓴 후 자리에 앉아서 다락에서 발견한 책을 읽을 참이에요. 제목은 『추적(追跡)』인데, 첫 페이지에는 작은 소년이 다음과 같이 쓴 익살맞은 글이 적혀 있어요.

만약 이 책이 길을 잃어 헤매면
뺨을 때려서 집으로 보내 주시오.
저비스 펜들턴

저비 도련님은 열한 살 때에 병을 앓은 후 이 농장에서 여름을 난 일이 있대요. 그때 『추적』을 놓고 간 거죠. 이 책을 자세히 읽었는지 그의 때묻은 작은 손자국이 여기저기 있어요! 또한 다락에는 물레방아와 풍차 그리고 활과 화살이 있더군요. 샘플 부인이 끊임없이 저비 도련님의 얘기를 하는 통에 저는 저비 도련님이 실크 모자를 쓰고 지팡이를 들고 다니는 어른이라고는 생각되지 않고, 지금도 여전히 머리가 헝클어진 귀여운 개구쟁이인 것만 같은 착각이 들어요. 저는 그 애가 지금도 층계를 어지러이 뛰어 오르내리며 덧문을 활짝 열어 놓고 과자를 달라고 졸라대는 것같이 느껴져요(제가 알고 있는 샘플 부인이라면 과자를 잘 주었을 거예요.). 저비 도련님은 모험심이 강하며, 용감하고 순수했을 것이라고 생각돼요. 저는 그분이 펜들턴 집안 사람이라고 생각하기가 싫어요. 그분은 더 훌륭한 분이에요.

내일부터 귀리 타작이 시작됩니다. 증기 기관이 장착된 탈곡기가 오고 인부도 세 사람 더 왔습니다.

버터컵(외뿔의 얼룩 암소로 레스비아의 어미)이 몹쓸 짓을 했다는 나쁜 소식을 전하게 되어 마음이 씁쓸합니다. 그 암소는 금요일 저녁에 과수원으로 들어가 이틀 동안이나 완전히 취해 있을 정도로 많은 사과를 따먹어 버렸어요. 거짓말은 하지 않아요. 이런 고약한 짓이 또 어디 있어요!

아저씨를 사랑하는 고아
주디 올림

추신

『추적』은 정말 재미있어요. 제1장에서는 인디언들이 나왔고, 제2장에서는 산적들이 나왔어요. 제3장에서는 무엇이 기다리고 있을까요? '붉은 매가 20피트 상공으로 날아올랐다가 땅에 떨어졌다.' 이것이 책 머리의 삽화 제목입니다. '주디와 저비'가 재미있겠지요?

9월 25일

친애하는 아저씨께

어제 보니 리그 네거리에 있는 가게에서 밀가루 다는 저울로 체중을 달아 보았더니 9파운드나 늘었어요. 록 월로 농장을 보양지(保養地)로 추천하고 싶습니다.

주디 올림

9월 25일

친애하는 키다리 아저씨께

이제 전 2학년이에요! 지난 금요일에 돌아왔어요. 록 윌로 농장을 떠나는 것이 가슴 아팠지만 학교에 돌아오게 되니까 기쁘군요. 낯익은 곳에 다시 돌아온다는 것은 즐거운 일이에요. 저는 이제 대학 생활에서 느끼는 불편이란 하나도 없으며, 모든 것을 마음대로 해요. 사실 이제 온 세상이 제 집같이 느껴져요. 제가 묵인을 받아 겨우 이 세상에 몰래 끼어든 것이 아니라 이 세상의 한가족으로 태어났다는 느낌이 들기 시작했어요.

제가 무얼 말하려는지 아저씨가 이해한다는 것은 아주 힘든 일일 거예요. 이사가 될 정도로 신분이 높으신 분은 고아처럼 하잘것없는 사람의 느낌을 이해할 수 없어요.

아저씨, 이제 다른 얘기를 들어보세요. 제가 어떤 학생들과 함께 방을 쓰게 된지 아세요? 샐리 맥브라이드와 줄리아 펜들턴이에요. 정말이에요. 우리는 공부방 하나와 작은 침실 세 개를 써요. 자, 그림을 보세요.

지난 봄 샐리와 저는 같은 방을 쓰기로 결정했는데 줄리아가 샐리와 함께 있기로 마음먹었대요. 참 이상하지요. 샐리와 줄리아는 닮은 곳이라곤 전혀 없어요. 그러나 펜들턴 집안 사람들은 천성이 보수적이어서 변화를 적대시해요(근사한 표현이지요.). 하여간 우리는 함께 지내게 되었어요. 얼마 전까지도 존 그리어 고아원의 고아였던 제루샤 애버트가 펜들턴 집안 사람과 같은 방을 쓰다니 참 놀랍죠. 미국은 민주주의 국가입니다.

샐리는 학급 대표에 입후보했는데 별 이변이 없는 한 당선은 확실해요. 권모술수가 주위를 가득 메우고 있습니다. 우리 여대생들이 얼마나 능숙한 정치가인지 아저씨에게 보여 드리고 싶어요. 우리 여성들이 권리를 찾게 되면 남성들은 권리를 유지하는 데에 있는 힘을 다해야 할 거예요. 선거일은 토요일이고, 당선자가 누구이든 저녁에 횃불 행진을 하게 됩니다.

저는 화학을 배우기 시작했어요. 화학은 가장 생소한 과목입니다. 전에는 이런 것이 존재하는 줄도 몰랐어요. 분자니 원자니 하는 것들을 배워요. 하여튼 다음 달에 가서는 더 잘 설명드릴 수 있게 되겠지요.

또한 변론법과 논리학도 배우기 시작했습니다. 그리고 세계사도요.

윌리엄 셰익스피어의 희곡들 그리고 프랑스어, 이렇게 몇 년만 더 공부하면 저는 굉장한 지식인이 되겠지요.

저는 프랑스어보다 경제학을 택했어야 하는데, 그렇게 할 용기가 나지 않았어요. 왜냐하면 제가 프랑스어를 다시 선택하지 않으면 교수님이 학점을 주지 않으려고 했기 때문이에요. 사실 저는 6월 시험을 겨우 통과했는 걸요. 그러나 저는 고등학교에서 배운 것들이 충분하지 않았다고 말하고 싶어요.

국어만큼 빨리 프랑스어를 구사하는 학생이 한 명 있어요. 그 학생은 어려서 부모님을 따라 외국에 갔었는데, 그곳에서 3년간 수녀원 학교를 다녔었대요. 아저씨도 그 학생이 다른 학생들보다 프랑스어를 잘하리라는 것을 짐작하실 수 있을 거예요. 불규칙 동사 따위는 아무것도 아닌 듯이 외고 있어요. 저의 부모들이 어린 저를 고아원에 버리는 대신 프랑스 수녀원에 버렸었다면 얼마나 좋았겠어요. 아니에요, 그것도 싫어요! 왜냐하면 그렇게 되었더라면 제가 아저씨를 만날 일은 결코 없었을 테니까요. 저는 프랑스어를 잘하는 것보다 아저씨를 알게 된 것을 더 큰 행복으로 생각합니다.

아저씨, 이만 마치겠어요. 지금 해리어트 마르틴한테 가서 화학 문제를 함께 공부한 후, 슬며시 학급 대표 선출 문제에 대한 의견을 조금 전해 주려고 해요.

정치를 하는 아저씨의 벗
J. 애버트 올림

10월 17일

친애하는 키다리 아저씨께

체육관의 수영장을 레몬 젤리로 가득 채워 둔다면 수영하려는 사람이 그 위에 뜨겠습니까, 아니면 그 반대이겠습니까? 디저트로 레몬 젤리를 먹는 도중 이런 문제가 튀어나왔어요.

우리는 30분 동안 열성적으로 토론했으나 결론에 도달하지는 못했습니다. 샐리는 레몬 젤리 속에서 수영이 가능하다고 생각하지만 저는 제아무리 뛰어난 수영선수라도 가라앉을 것이라고 확신해요. 레몬 젤리 속에서 익사한다면 우습겠지요?

또 다른 두 가지 문제가 식탁에서 논의되었습니다.

첫째, 팔각형으로 된 집의 방은 어떤 형태가 될까요? 어떤 학생들은 사각형이 될 것이라고 생각하지만 저는 파이 조각처럼 될 것이라고 생각해요. 아저씨는 어떻게 생각하세요?

둘째, 거울로 만든 속이 빈 아주 커다란 공이 있는데 그 속에 사람이 들어 있다고 가정해요. 얼굴의 영상이 어디서 끝나고 등의 영상이 어디서부터 시작될까요? 이 문제를 생각하면 생각할수록 점점 더 알쏭달쏭해집니다. 아저씨는 이제 우리가 여가 시간에도 얼마나 깊은 철학적 사색을 하는지를 아셨을 거예요.

제가 선거에 관해서 말씀드린 적이 있지요. 3주일 전에 선거가 실시되었어요. 그런데 이곳 시간의 흐름은 너무 빨라 3주일 전이라면 고대 역사에 속한답니다. 샐리가 당선되었습니다. 우리는 "맥브라이드 만세!"라고 쓴 플래카드를 들고 14인조 밴드를 앞장세우고 횃불 행진을 했어요(악기는 하모니카 세 개와 열한 개의 빗이었습니다.).

258호실의 우리들은 샐리와 더불어 제법 거물이 되어 가고 있습니다. 줄리아와 저는 커다란 후광(後光)을 받고 있는 셈입니다. 학급 대표와 같은 방에 산다는 것만으로도 대인관계에서 큰 부담을 느끼게 되는군요.

친애하는 아저씨, 편히 주무세요(이하 프랑스어로 썼다.).

문안을 드리며 마음으로 경의를 표합니다.

주디 올림

11월 12일

친애하는 키다리 아저씨께

어제 1학년과의 농구시합에서 우린 승리를 거두었습니다. 물론 이겨서 기뻤지만, 3학년 팀을 꺾을 수 있었다면 더욱 좋았을 텐데요. 우리가 3학년한테 이길 수만 있다면 온통 시퍼렇게 멍들어 개암나무 뜸질이나 하며 일주일 동안 침대 신세를 진다고 해도 좋았을 거예요.

샐리는 저에게 크리스마스 방학 때 자기 집으로 초청하고 싶다고 했어요. 그 애네 집은 매사추세츠 주(州) 우스터예요. 샐리는 참 상냥하지요? 저는 정말 가고 싶어요. 저는 록 월로 농장 이외에는 세상에 태어나서 개인 가정집에 가 본 적이 없어요. 샘플 씨 부부는 나이 드신 어른들이니까 계산에서 제외해야 하겠지요. 그러나 맥브라이드네는 많은 아이들과(여하간 두세 명은 있겠죠.) 어머니, 아버지, 할머니 그리고 앙골라 고양이도 있대요. 이것은 진짜 완벽한 가족이에요! 짐을 꾸려서 멀리 간다는 것은 기숙사에 남아 있는 것과는 비교할 수 없을 정도로 재미있을 거예요. 저는 여행을 간다는 생각만 해도 기쁨으로 가슴이 뛰고 있어요.

7교시 수업 시간입니다. 연극 연습을 해야 합니다. 추수감사절 연극에 출연하게 되었거든요. 벨벳 저고리를 입고 노란 곱슬머리를 가진 탑 속의 왕자 역이에요. 참 멋있겠지요?

아저씨의 벗

J. A. 올림

토요일

제가 어떤 모습을 하고 있는지 보시지 않겠습니까? 여기에 레오노라 펜튼이 우리 셋을 함께 찍어 준 사진 한 장을 동봉합니다.

밝게 웃고 있는 애가 샐리이고, 키가 크며 코를 들고 있는 애가 줄리아이고, 머리칼이 얼굴에서 날리고 있는 키가 작은 애가 주디예요. 주디의 실물은 더 예쁜데, 햇빛에 눈이 부셔서 그렇게 되었어요.

12월 31일, 매사추세츠 주 우스터의 '스톤 게이트'에서

친애하는 키다리 아저씨께

진작에 아저씨께 편지를 써서 크리스마스 송금에 대한 인사를 드렸어야 했는데, 맥브라이드의 집에서 보내는 하루하루가 어찌나 즐거웠던지 단 2분도 책상 앞에서 보낼 시간이 나질 않더군요.

저는 새 드레스를 샀습니다. 그것은 꼭 필요한 것은 아니지만 갖고 싶었던 것이에요. 올해엔 키다리 아저씨한테서만 크리스마스 선물을 받고, 우리 가족한테서는 그저 안부편지만 받았습니다.

저는 샐리의 집을 방문하여 아주 유쾌한 시간을 보내고 있습니다. 샐리의 집은 흰 장식을 한 커다란 구식 벽돌집입니다. 시내에서 좀 떨어져 있는 그 집은 제가 존 그리어 고아원에 있을 때 호기심에 가득 차서 그 속은 어떨까 하고 늘 상상하던 바로 그런 집이에요. 저는 이런 집 안을 제 두 눈으로 직접 보게 되리라고는 꿈에도 생각지 않았어요. 그런데 지금 저는 바로 그런 곳에 있는 걸요. 모든 것이 아주 편안하고 포근하며 아늑합니다. 저는 이 방 저 방을 돌아다니면서 가구들을 탐나는 듯이 바라봅니다.

이곳은 아이들을 키우기에 가장 적합한 집이에요. 숨바꼭질을 하기 좋은 컴컴한 구석과 옥수수를 구워 먹기 좋은 벽난로, 비 오는 날 뛰어놀기 좋은 다락방, 햇볕이 잘 드는 아주 커다란 부엌 그리고 상냥하고 명랑한 뚱보 가정부 아주머니가 있어요. 이 아주머니는 이 집에 13년이나 살았는데 늘 아이들에게 빵을 구워 주려고 밀가루 반죽을 조금 떼어 두곤 합니다. 이런 집을 보기만 해도 다시 어린 시절이 그리워져요.

게다가 가족들은 또 어떻고요! 꿈에도 찾아보기 힘들 정도로 친절해요. 샐리에게는 아버지, 어머니, 할머니 그리고 귀여운 곱슬머리를 가진 세 살짜리 여동생, 늘 발 씻는 것을 잊어먹는 보통 체구의 남동생, 프린스턴 대학 3학년생으로 지미라는 건장하고 잘생긴 오빠가 있습니다.

여기서는 식구들이 식탁에 모여 식사할 때가 가장 즐겁습니다. 모두들 함께 웃고 농담하고 얘기를 합니다. 그리고 식사 전에 감사기도를 꼭 하지 않아도 되고요. 항상 먹을 때마다 감사기도를 하지 않아도 되니까 한결 살 것 같아요(이것이 불경스러운 말이라는 것을 알지만, 아저씨도 저처럼 의무적으로 감사해야 할 것을 강요당하는 사람이 된다면 역시 그럴 수밖에 없을 거예요.).

그사이 너무 많은 일이 있었어요. 그래서 무엇을 먼저 말씀드려야 할지 모르겠군요. 샐리의 아버지는 공장을 경영하시는데, 크리스마스이

브에는 종업원들의 자녀를 위해 사철나무와 호랑가시나무로 크리스마스 트리를 만들었어요. 지미 맥브라이드는 산타클로스 복장을 하고 포장실 입구에 서 있었지요. 샐리와 저는 그 옆에서 선물을 나누어 주는 것을 도와 주었어요.

아저씨, 참 묘한 느낌이 들었습니다. 저는 존 그리어 고아원의 이사처럼 자선을 베푸는 사람이 된 기분이었어요. 저는 사탕이 묻어 끈적끈적한 입술을 가진 귀염둥이 소년에게 키스해 주었어요. 그러나 저는 누구의 머리를 쓰다듬는 행동을 하지는 않았어요!

그리고 크리스마스 이틀 후에는 그 집에서 저를 위해 무도회를 열어 주었어요. 그것은 난생 처음 참석해 본 무도회입니다. 대학에도 무도회가 있으나 여학생끼리 춤추는 거예요. 저는 새 이브닝드레스를 입고 (아저씨의 크리스마스 선물, 참 고마워요.), 긴 흰색 장갑을 끼고, 하얀 새틴 무도화를 신었습니다. 완전하고 철저하고 절대적인 저의 행복에 단 하나의 결함이라면 리페트 원장님에게 제가 지미 맥브라이드와 커틸리언 춤을 추는 광경을 보여 줄 수 없었다는 사실뿐이에요. 아저씨가 다음에 고아원을 방문하실 때 원장님에게 이 얘기를 해 주세요.

아저씨의 벗
주디 애버트 올림

추신

제가 위대한 작가가 못되고 결국 평범한 여자로 그치고 만다면 아저씨는 무척 실망하시겠지요?

토요일 오후 6시 30분

친애하는 아저씨께

오늘 우리들은 거리에 나가려고 했는데, 맙소사! 비가 억수처럼 퍼부었어요. 저는 겨울에는 비가 아니라 눈이 와야 겨울답다고 생각해요.

오늘 오후에 줄리아의 매력적인 아저씨가 다시 이곳을 방문했는데, 5파운드짜리 초콜릿 상자를 사 왔어요. 줄리아와 방을 함께 쓰면 유리한 점이 많아요.

우리 여대생들의 악의 없는 재담이 즐거웠던지 그분은 다음 기차를 타시기로 하면서까지 우리의 공부방에서 홍차를 마셨습니다. 그런데 우리는 사감한테 그분을 우리들 방으로 들어오게 하는 것을 허락받기 위해 무척 애를 썼습니다. 아버지와 할아버지도 여학생 기숙사 안에 들어오게 하는 것은 힘든 일인데, 아저씨는 말할 필요도 없죠. 오빠나 사촌 오빠들은 거의 불가능해요. 줄리아는 공중인 앞에서 그분이 아저씨라는 것을 서약해야 했으며, 읍 서기의 증명서를 첨부했어요(저도 법률 지식이 꽤 있지요?). 그런데 이런 수속에도 불구하고 저비스 아저씨께서 얼마나 젊고 미남인지를 사감이 알았다면 그분은 우리와 홍차를 마실 수 없었으리라고 생각해요.

여하튼 그분은 우리의 공부방에 들어오시게 되었어요. 우리는 스위스 치즈를 넣은 갈색 샌드위치와 함께 홍차를 마셨어요. 그분도 샌드위치 만드는 것을 도와 주시고 나서 네 개나 드셨어요. 저는 그분에게 제가 작년 여름 방학 때 록 윌로 농장에서 보낸 일을 말씀드렸지요. 우리는 샘플 씨 부부와 말들과 소들 그리고 병아리들에 관해 유쾌한 얘기들을 나누었어요. 그분의 기억에 남아 있는 말들은 그로브 이외에는 모두 죽었어요. 그로브는 그분이 마지막으로 농장에 갔을 때 망아지였었대요. 그런데 그로브는 이제 아주 늙어서 절룩거리면서 겨우 돌아다녀요.

저비 도련님은 저에게 지금도 거기에서는 선반 제일 아래 파란 접시로 덮은 노란 항아리 속에 도넛을 넣어 두느냐고 물었는데 바로 그대로였죠. 그분은 또 농장의 돌더미 밑에 들쥐 구멍이 있느냐고 물었어요. 그것도 마찬가지였어요! 아마사이가 지난해 여름에 살찌고 큰 회색 들쥐를 잡았는데, 그것은 저비 도련님이 어린 소년이었을 때 잡은 것의 25대 손자인지도 모르죠.

제가 그분 앞에서 "저비 도련님." 이라고 불렀으나 그분은 조금도 언짢아하지 않았어요. 줄리아는 아저씨가 여느 때에는 좀처럼 접근하기 힘든 분인데, 이렇게 상냥한 것은 처음 보았대요.

그러나 줄리아가 전혀 재담이 없어서 그랬겠죠. 남자들을 대할 때에는 재치가 필요하다는 것을 알았어요. 남자들이란 잘 쓰다듬어 주면 가르랑거리며, 잘못 쓰다듬어 주면 침을 뱉죠(이것은 그리 점잖은 은유(隱喩)는 아니지만, 그저 상징적으로 말한 거예요.).

저는 지금 러시아의 천재 화가인 마리 바슈키르체프의 일기를 읽고 있어요. 이것은 정말 놀라운 글이에요. 자, 이 구절을 보세요. "지난밤 나는 절망의 발작에 사로잡혀 신음하다가 마침내 식당의 시계를 바다 속으로 던져 버리고 말았다."

저는 이 구절을 읽고 나서 천재가 아닌 편이 훨씬 좋겠다고 생각했어요. 천재란 주위에 있는 무엇에 관해 아주 귀찮아하지요. 그래서 가구에 대해선 파괴적이지요.

맙소사! 비가 마구 퍼붓고 있어요. 오늘 밤 교회에 가려면 수영을 해서 가야 될 것 같군요.

영원한 아저씨의
주디 올림

1월 20일

친애하는 키다리 아저씨께

아저씨는 혹시 요람에 누워 있던 귀여운 딸을 잃은 적이 있는지요?

아저씨의 그 잃어버린 딸이 바로 저일지도 몰라요! 만약 우리가 소설의 주인공인데 그렇게 판명이 되었다면 여기가 대단원(大團圓)이 되겠죠, 그렇죠?

자기의 정체를 모른다는 것은 아주 묘한 느낌을 가져다주어요. 정말 흥미롭고 낭만적이에요. 왜냐하면 여러 경우의 가능성이 존재하니까요. 많은 사람이 그렇듯이 아마 저도 미국인이 아닐 수도 있어요. 저는 고대 로마 사람들의 직계 후손일지도 모르고 바이킹의 딸인지도 몰라요. 아니면 저는 망명 러시아인의 딸로서 시베리아의 감옥이 제가 태어난 곳일 수 있으며, 또는 집시인지도 몰라요. 저는 제가 집시일 거라고 생각해요. 왜냐하면 저는 강한 '떠돌이 기질'을 갖고 있으니까요. 물론 그 기질을 발산할 기회가 충분치는 않았지만 말이에요.

아저씨는 저의 과거에 불미스러운 오점이 있다는 것을 아시지요? 제가 과자를 훔쳤다는 이유로 벌을 받았기 때문에 고아원을 도망쳐 버린 일 말이에요. 이 일은 서류에 적혀 있으니 모든 이사님이 읽으셨을 거예요. 아저씨는 어떻게 생각하세요? 만약 아저씨가 아홉 살 난 배고픈 계집애에게 식료품 저장실의 과자단지 옆에서 혼자 나이프를 닦으라 하고 자리를 잠시 비웠다가 갑자기 다시 그곳으로 돌아왔다면 그 애의 입가엔 과자 가루가 조금 묻어 있으리란 것은 당연하다고 생각지 않으세요? 그리고 나서 아저씨가 그 애 팔꿈치를 잡아당기고, 따귀를 때리고, 푸딩이 나왔을 때 그것을 먹지 못하게 식당에서 내쫓으면서 "이 아이는 도둑질을 했기 때문에 이런 벌을 받는 거야."라고 다른 아이들에게 말했다면, 그 애가 도망치는 것은 당연한 일이 아니겠어요?

저는 4마일이나 도망갔으나 덜미를 잡혀 고아원으로 끌려오고 말았지요. 저는 일주일 간이나 매일 다른 애들이 나가 노는 동안 말썽꾸러기 강아지처럼 뒤뜰의 말뚝에 묶여 있었어요.

아차! 교회 종이 울립니다. 예배가 끝난 뒤에는 위원회 회의에 가지 않으면 안 돼요. 오늘은 '아주' 재미있는 편지를 쓰려고 했는데, 죄송하게 됐습니다.

친애하는 아저씨(이 부분은 프랑스어, 독일어, 라틴어를 섞어 썼다.), 또 만나요.

편안하시길 빌며

주디 올림

추신

제가 아주 확신하고 있는 사실이 하나 있어요. 저는 중국 사람은 아니에요.

2월 4일

친애하는 키다리 아저씨께

지미 맥브라이드가 저에게 우리 방 한쪽 벽만큼이나 커다란 프린스턴 대학 깃발을 보내 주었습니다. 나를 잊지 않고 있다는 것은 고마운 일이지만 이 깃발을 어떻게 처리해야 할지 모르겠습니다. 샐리와 줄리아는 이것을 벽에 장식하지 못하게 합니다. 금년에 우리 방은 붉은색으로 단장했는데 거기에 오렌지색과 검은색이 섞인 깃발을 더한다면 전혀 조화롭지 못하겠죠. 그러나 이 천은 아주 두툼하고 아늑한 느낌을 주는 것이므로 내버려두고 싶진 않아요. 이것으로 목욕 가운을 만들면 버릇없는 짓이 될까요? 지금의 목욕 가운은 낡았고, 빨면 줄어듭니다.

제가 요새 무엇을 공부하는지 전혀 언급하지 않았지요. 그러나 아저씨는 제 편지들만 보시고는 짐작이 잘 안 가시겠지만 저는 전적으로 공부만 하고 있어요. 동시에 다섯 개 과목을 배우고 있어서 정신이 하나도 없습니다.

화학 교수님은 "진정한 학자는 세밀한 것에 대해 각고(刻苦)의 열의가 있어야 한다."라고 말씀하십니다.

역사 교수님은 "세밀한 것에 너무 집착하지 말고 전체를 볼 수 있도록 충분히 멀리 떨어져 있어야 한다."고 말씀하십니다.

일찍 일어나야 목욕을 할 수 있음

아저씨는 우리가 화학과 역사 사이의 마찰을 얼마나 재치 있게 극복하는지 아실 거예요. 저는 역사학의 방법이 더 마음에 듭니다. 정복자 윌리엄이 1492년에 영국으로 건너갔다던가, 콜럼버스가 아메리카 대륙을 1100년인가 1066년에 발견했다던가 하는 것들은 사소한 사실들로서 역사 교수님은 이런 것들을 그리 중요시하지 않습니다. 저는 역사 시간에는 안정감과 편안함을 느끼고 있으나 화학 시간에는 전혀 그렇지 못하답니다.

6교시 수업 시간 종이 울려요. 저는 실험실에 가서 산(酸)이니 소금이니 알칼리니 하는 사소한 것들을 공부해야 합니다.

제 실험복에는 염산이 떨어져서 생긴 접시만한 구멍이 있어요. 만약 이론대로 한다면 그 구멍을 아주 강한 암모니아로 중화할 수 있겠지요. 안 그렇겠어요?

시험이 다음 주로 닥쳐왔습니다. 그러나 겁날 것 없어요.

항상 아저씨의 벗인
주디 올림

3월 5일

친애하는 키다리 아저씨께

3월의 미풍이 솔솔 불고 검은 구름이 하늘 위에서 무겁게 움직이고 있습니다. 소나무 숲 속에서는 까마귀들이 요란하게 울어대요! 그것은 도취시키는 듯하며 마음을 들뜨게 하는 그런 소리예요. 그것은 누구를 '부르는' 듯한 소리예요. 책을 덮어 버리고 밖에 나가 바람과 함께 언덕 위를 달리면서 뜀박질을 하고 싶은 심정입니다.

우리는 지난 토요일에 페이퍼 체스(paper chase ; 일명 여우 사냥 놀이. 여우가 된 아이들이 종이 조각을 뿌리며 도망치면 사냥꾼이 된 아이들이 뒤를 쫓아 잡는 놀이)를 하며 질퍽한 시골길을 5마일 이상이나 달렸어요. 여우(많은 색종이를 가진 3명의 여학생으로 구성되었어요.)는 27명의 사냥꾼보다 30분 일찍 출발했어요. 저도 추적하는 27명에 끼었는데 도중 탈락자 8명을 제외한 19명이 끝까지 뛰었습니다. 색종이로 표시된 여우 발자국은 처음에 한 언덕을 넘더니 다음에 옥수수 밭을 지나 수렁으로 들어가서 우리는 마른 데를 골라 가볍게 뛰어야만 했어요. 물론 우리들 중 반은 무릎까지 빠졌었죠. 우리는 여우 발자국을 찾지 못하여 수렁에서 25분이나 소비했어요. 그러다가 보니까 발자국이 숲을 지나 언덕으로 올라가더니 어떤 헛간 창문 안으로 향해 있지 않겠어요! 그런데 헛간의 문들은 모두 굳게 잠겨 있고, 창문은 조그맣고 또 높이 달려 있었어요. 이것은 정당하다고 말할 수 없어요. 아저씨는 어떻게 생각하세요?

우리는 헛간 안으로 들어가지 않고 주위를 한 바퀴 돌면서 여우 발자국을 찾았어요. 발자국은 낮은 오두막 지붕을 지나 담 위로 사라졌어요. 여우는 우리를 헛간에 묶어 두었다고 생각하겠지만 반대로 여우가 우리 꾀에 넘어간 거예요. 그러고는 굽이치는 초원을 곧장 2마일이나 횡단했는데, 뿌려진 색종이가 차츰 드물어져 추적하기가 여간 까다로운 것이 아니었어요. 규정상 색종이의 간격이 최고 6피트로 되어 있는데, 그 간격은 6피트라기에는 너무 긴 것이었어요. 두 시간의 끈질긴 추적 끝에 드디어 우리는 여우가 크리스털 스프링 농장의 부엌으로 들어간 것을 찾아냈어요(이곳은 여학생들이 썰매나 건초용 마차를 타고 와서 닭고기에 와플을 주는 저녁을 사 먹곤 하는 곳이에요.). 우리가 안으로 들어가니 세 여우는 평화롭게 우유와 꿀 바른 비스킷을 먹고 있지 않겠어요. 그들은 우리가 거기까지 따라올 줄은 상상도 못했겠죠. 그들은 우리가 헛간 창문에 걸려 있으리라고 생각하고 있었을 거예요.

그러나 양편이 서로 이겼다고 우겨 댔어요. 저는 우리가 이겼다고 생각해요. 아저씨도 그렇게 생각지 않으세요? 왜냐하면 그들이 학교로 돌아가기 전에 우리가 잡았으니까요. 여하튼 우리 19명은 메뚜기처럼 여기저기에 주저앉아 꿀을 달라고 떠들어 댔어요. 꿀이 고루 돌아갈 만큼 충분치 않았으나 크리스털 스프링 부인(이것은 우리가 부르는 그녀의 애칭이고, 정식 성은 존슨입니다.)은 딸기잼 항아리와 바로 지난주에 만든 단풍나무 당밀 한 통 그리고 세 덩어리의 흑빵을 가져왔어요.

우리는 6시 반이 넘어서야 학교에 도착하였습니다. 저녁 식사 시간이 이미 30분이 지나 있었어요. 그래서 옷도 갈아입지 않고 식당으로 들어갔는데, 농장에서 요기를 했는데도 식욕은 여전했습니다.

그러고는 우리들 모두는 신발이 엉망인 것을 이유로 저녁 예배에 들어가지 않았어요.

시험 이야기를 빼먹을 뻔했군요. 저는 전 과목을 아주 좋은 성적으로 통과했어요. 이제 비결을 알기 때문에 절대 낙제를 당하는 일은 없을 거예요. 그러나 1학년 때의 저 몹쓸 라틴어 산문과 기하 때문에 우등생으로 졸업하기는 어려울 것 같아요. 하지만 저는 우등 같은 것은 상관하지 않아요. "행복한데 무엇을 더 바라겠어요?"(이것은 인용문입니다. 저는 지금 영국 고전을 공부하고 있어요.)

고전 얘기가 나와서 말인데요. 아저씨는 『햄릿』을 읽으셨어요? 만약 아직 읽으시지 않았다면 읽어 보시는 편이 유익할 거예요. 그것은 아주 훌륭한 작품입니다. 저는 이제까지 셰익스피어에 대해서는 귀가 따갑도록 많이 들었지만 그것을 읽고 난 후 비로소 그가 얼마나 위대한 작가인지 느낄 수 있었어요. 저는 늘 셰익스피어는 작품에 비해 명성이 지나치게 높은 것이 아닌가 하고 의심해 왔어요.

저는 글읽기를 배우기 시작한 아주 오래전부터 제가 발명한 아주 재미있는 놀이를 하고 있어요. 저는 매일 밤 자기 전에 읽고 있는 책의 인물(그중 가장 중요한 인물 말이에요.)이 되었다고 생각하고 잠을 청해요.

현재 저는 오필리아가 되어 있어요. 그렇게 지각 있는 오필리아 말이에요! 저는 늘 햄릿을 즐겁게 해 주고, 어루만져 주고, 나무라기도 하고, 그가 감기에 걸리면 목으로 바람이 들어가지 않게 외투를 잘 여미라고 이르지요. 저로 인해 그의 우울증은 자취를 감춰 버렸지요. 왕과 왕비는 돌아가셨어요. 해상 사고니까 장례식은 치르지 않게 되었어요. 그래서 이제 햄릿과 저는 어떠한 방해도 없이 덴마크를 다스리고 있어요. 왕국은 태평성대를 누리고 있습니다. 햄릿이 행정을 맡고, 저는 자선 복지 사업을 펴고 있지요. 저는 최근에 일류 고아원을 여러 개 설립했

습니다. 아저씨와 다른 이사님들이 이 고아원들을 구경하고 싶은 생각
이 있으시다면 기꺼운 마음으로 안내해 드리겠습니다. 이사님들이 이
곳을 구경하시면 많은 참고가 되리라고 생각합니다.

덴마크 여왕

오필리아

3월 24일 (25일인지도 모름)

친애하는 키다리 아저씨께

저는 천국으로 가지는 못할 것이라고 생각하고 있어요. 지금 저에게
는 즐거운 일들이 홍수처럼 몰려들고 있으니까요. 만약 제가 죽은 후에
도 또 좋은 일들을 갖게 된다면 불공평하지 않을까요? 무슨 일이 일어
났는지 말씀드릴게요.

저 제루샤 애버트는 교내 월간지가 매년 주최하는 단편소설 현상공
모에 당선되었습니다. 2학년 학생으로서 말이에요! 응모자는 대부분이
4학년 학생들이었죠. 상금이 자그마치 25달러나 돼요. 저는 게시판에
제 이름이 써 붙여 있는 것을 보았을 때 그것이 마치 꿈속처럼 느껴졌
어요. 여하튼 저는 작가가 될 모양이에요. 저는 리페트 원장님이 그렇
게 우스운 이름을 지어 주지 않았더라면 하고 생각해요. 그러나 그 이
름은 여류작가의 아름다운 면모가 보인다고 생각지 않으세요?

또한 저는 춘계 연극 출연자로 뽑혔어요. 「마음대로 하세요」를 야외

에서 공연할 참이에요. 저의 배역은 로잘린드의 사촌인 실리아입니다.

그리고 마지막으로, 줄리아와 샐리와 저는 이번 금요일 뉴욕을 방문하게 되었어요. 가는 날에는 봄옷들을 약간 사고 하룻밤을 묵은 뒤 다음날 '저비 도련님'과 함께 연극을 보러 갈 거예요. 그분이 우리를 초청했어요. 줄리아는 자기 집에 가서 묵고 샐리와 저는 마르타 워싱턴 호텔에 묵을 거예요. 이렇게 신나는 일이 또 있을까요? 저는 아직 호텔이라는 곳에 가 보지 못했으며, 극장에도 못 가 봤습니다. 다만 성당에서 축제 때 고아들을 초청한 일이 있으나 그것은 진짜 연극은 아니었기 때문에 계산에 넣을 수가 없는 것이죠.

그런데 우리가 보게 될 극의 제목이 무엇이라 생각하세요? 「햄릿」이에요! 생각해 보세요! 저는 셰익스피어 시간에 4주 동안 이것만 공부하여 이제 거의 외울 정도예요.

저는 앞으로 있을 일들 때문에 흥분이 되어 잠을 이룰 수가 없어요.

아저씨, 안녕히 계세요.

세상은 참 즐거운 곳이에요.

주디 올림

추신

막 달력을 보니까 28일이군요.

추가 추신

저는 오늘 한쪽 눈은 갈색이고 한쪽 눈은 파란 전차 차장을 보았어요. 탐정소설의 악당으로 어울린다고 생각지 않으세요?

4월 7일

친애하는 키다리 아저씨께

어휴! 뉴욕은 정말로 거대한 도시입니다. 우스터는 뉴욕에 비교도 안 되지요. 아저씨는 그런 혼란 속에 사신단 말이죠? 저는 이틀 동안 머물렀지만 어리둥절한 기분에서 벗어나려면 몇 개월이 걸릴지 모르겠어요. 저는 제가 본 놀라운 것들을 어디에서부터 말씀드려야 할지 모르겠어요. 물론 아저씨는 거기 사시니까 모든 것을 다 아시겠지만 말이에요.

그러나 거리 구경은 참 재미있어요. 그리고 사람들과 가게들도요. 쇼윈도 안에 진열된 것처럼 멋진 것들은 난생 처음이에요. 그것을 보면 옷 입는 것에 일생을 바치고 싶어져요.

토요일 오전에 샐리, 줄리아와 함께 나가 쇼핑을 했어요. 줄리아는 제가 이제까지 본 중에서 가장 호화찬란한 가게 안으로 들어갔어요. 벽은 흰색과 금색이었고, 푸른색 카펫, 푸르스름한 빛이 도는 비단 커튼들 그리고 도금한 의자들이 줄지어 있었어요. 금발에 뒤가 끌리는 길고 검은 비단 옷을 입은 굉장히 아름다운 부인이 미소로써 우리를 맞았어요. 저는 이것을 사교적인 방문으로 착각해서 악수를 할 뻔했지만, 우린 단지 그저 모자를 사러 들어간 거죠. 적어도 줄리아만은 모자를 사러 들어간 거예요. 줄리아는 거울 앞에 앉아 한 다스 이상의 모자를 써봤는데 모두 나무랄 데 없이 아름다웠어요. 줄리아는 제일 아름다운 것 두 개를 골라 샀어요.

저는 거울 앞에 앉아 가격에는 상관없이 마음에 드는 모자를 골라 살 수 있다는 것보다 더한 즐거움이 인생에 있으리라고는 생각할 수 없어요! 아저씨, 분명해졌습니다. 뉴욕은 존 그리어 고아원이 그렇게 애써 키워온 이 훌륭한 금욕적인 성격을 순식간에 허물어 버릴 것이 틀림없을 것 같아요.

우리는 쇼핑을 끝낸 뒤 그 유명한 세리 음식점에서 저비 도련님을 만났어요. 아저씨도 세리 음식점에 가 본 적이 있으시겠죠? 그러시면 그곳과 존 그리어 고아원의 식당을 비교해 보세요. 기름 먹인 천으로 덮인 고아원의 식탁과 그릇이라곤 어지간해서는 깨지지 않는 오지 그릇과 나무 손잡이가 달린 나이프와 포크를 생각해 보세요.

저는 생선 튀김을 먹을 때 포크 사용에 실수했지만 웨이터가 아주 친절하게 다른 것을 쥐어 주었기 때문에 아무도 눈치를 못 챘어요.

그리고 점심 식사 후엔 극장에 갔어요. 극장은 믿을 수 없을 만큼 크고 훌륭했어요. 매일 밤 꿈에 이 극장이 나타나요.

셰익스피어도 놀라지 않을까요?

『햄릿』은 교실에서 분석했던 것보다 무대에서 상연되니까 훨씬 더 좋았어요. 전에도 이 작품을 감상했지만 지금은, 아—.

아저씨께서 허락만 하신다면 저는 작가보다 배우가 되고 싶은 마음이에요. 대학을 그만두고 연극학교에 들어가도 괜찮겠어요? 그러면 아저씨에게 제가 출연하는 연극 때마다 일등석 초대권을 보내 드리고, 조명등 너머로 아저씨에게 미소를 던져 드릴게요. 아저씨는 단춧구멍에 빨간 장미를 꽂는 것을 잊지 마세요. 그래야 제가 쉽게 다른 사람과 아저씨를 구별할 수 있죠. 만약 잘못하여 제가 다른 사람을 향해 미소를 짓는다면 아주 난처할 거예요.

우리가 기숙사로 돌아온 건 토요일 밤입니다. 기차에서 정찬을 먹었어요. 열차 식당의 작은 테이블에는 분홍색 램프가 켜져 있고, 흑인 웨이터가 시중을 들었어요. 저는 열차에 식당이 있다는 얘기는 전에 들어 본 적이 없었어요. 그래서 불쑥 그런 말을 했지요. 그러자 "도대체 넌 어디서 자랐니?" 하고 줄리아가 물었어요.

"시골에서." 하고 저는 유순하게 줄리아에게 대답했어요.

"그런데 넌 여행을 한 번도 못했니?" 하고 그 애가 또 물었어요.

"대학에 올 때 처음 기차를 타 봤어. 그런데 거리가 겨우 1백 60마일밖에 안 되어 식사를 하지 않았어." 하고 대답했어요.

제가 이렇게 이상한 이야기들을 하니까 줄리아는 저에 관해 파고들기 시작했어요. 저는 저의 이상한 태도를 드러내지 않기 위해 항상 조심하지만 저는 놀라운 것을 보면 무의식중에 그런 말이 튀어나와요. 그런데 놀라운 것이 왜 이렇게 많습니까? 18년 동안 존 그리어 고아원에 있다가 갑자기 '세상'에 뛰어들었으니 현기증이 나는 것도 당연한 일이지요.

그러나 저는 차츰 익숙해져 가고 있습니다. 저는 이제 과거와 같이 그런 엄청난 실수는 범하지 않아요. 그리고 이제 다른 애들과 함께 있어도 불안한 마음을 갖진 않아요. 전에는 다른 사람들이 저를 볼 때마다 어색해서 혼났습니다. 제가 아무리 새 옷을 입어도 사람들이 그것을 통해서 바둑무늬의 무명 옷을 꿰뚫어 보는 것만 같았어요. 그러나 이제 저는 무명 옷 따위에 신경을 쓰지 않기로 했어요. 그날의 괴로움은 그날로 족하니까요.

참, 꽃을 받은 얘기를 빼먹을 뻔했군요. 저비 도련님이 우리 세 사람에게 각기 오랑캐꽃과 은방울꽃으로 된 큰 꽃다발을 주었어요. 정말 친절한 분이시죠? 저는 남자에 대해서 관심을 많이 갖지 않았습니다. 적어도 이사님들을 기준으로 판단한 것이지만요. 그러나 서서히 마음이 변하고 있어요.

열한 장이나 썼군요. 그래도 이것은 편지입니다. 용기를 내세요. 이제 그만 줄이겠어요.

항상 아저씨의 벗인
주디 올림

4월 10일

친애하는 부자 씨

보내 주신 50달러짜리 수표를 여기 돌려보내 드립니다. 매우 감사합니다만 이 돈을 받고 싶지는 않습니다. 제가 원하는 모자들을 사는 것은 매달 송금되어 오는 용돈으로 충분해요. 저번에 모자 가게에 관해 분별 없는 말씀을 드려서 죄송해요. 저는 그저 이제까지 그런 것을 본 적이 없다는 뜻으로 말씀드린 겁니다.

그러나 저는 구걸하지는 않았어요! 그리고 저는 제가 필요로 하는 것

외에는 더 이상 자선을 받고 싶지는 않아요.

제루샤 애버트 올림

4월 11일

사랑하는 아저씨께

어제 그런 편지를 보낸 것을 제발 용서해 주세요. 그 편지를 부치고 나자마자 얼마나 후회를 했는지 몰라요. 그래서 다시 되찾으려 했으나 밉살스러운 우체부가 그것을 저에게 돌려주지 않았어요.

밤이 꽤 깊었습니다. 저는 몇 시간 동안 자지 않고 제가 얼마나 몹쓸 벌레 같은 존재인가 하고 생각했어요. 발이 천 개나 달린 벌레 말이에요. 이것은 제게 할 수 있는 제일 나쁜 욕이에요. 저는 줄리아와 샐리가 깨지 않도록 공부방 쪽 문을 아주 조용히 닫고 역사 공책을 찢은 종이에 지금 편지를 쓰고 있습니다.

저는 아저씨가 보내 주신 수표에 대한 저의 무례한 태도를 사과하고 싶을 뿐이에요. 저는 아저씨가 친절한 마음으로 그 돈을 보내 주신 것을 알아요. 그리고 아저씨는 모자와 같은 사소한 것에도 신경을 많이 써 주시는 어른이라는 것도 알아요. 수표를 돌려드리는 데 전 더 공손한 태도를 취했어야 옳았어요.

그러나 여하튼 그 돈은 돌려 드릴 수밖에 없었어요. 저는 다른 여자 애들과는 달라요. 다른 여자애들은 사람들한테서 선물을 자연스럽게 받을 수 있어요. 그들에게는 아버지, 오빠, 아저씨, 아주머니가 있어요. 그러나 저에게는 그런 가족이라고는 단 한 사람도 없어요. 저는 아저씨가 저의 가족이라고 상상하고 싶어요. 그저 그렇게 생각하는 것이 즐겁기 때문입니다. 그러나 물론 아저씨가 저의 가족이 아니라는 것은 엄연한 사실입니다. 저는 정말 외톨이에요. 혼자서 등을 벽으로 돌린 채 세상과 싸우고 있지요. 그리고 전 이런 것을 생각하면 숨이 가빠집니다. 저는 그런 생각을 제 마음에서 지워 버리고 그렇지 않은 체하는 것입니다. 그러나 아저씨, 이해해 주시겠어요? 저는 필요 이상의 돈은 더 받을 수가 없습니다. 왜냐하면 언젠가 제가 그 돈을 갚으려면 쪼들리게 될 것이고, 제가 바라는 대로 훌륭한 작가가 된다 해도 '그렇게 엄청난' 빚을 갚기는 힘에 겨울 테니까요.

저는 예쁜 모자랑 그런 것들을 갖고 싶어요. 그러나 제 미래를 저당잡혀서까지 갖고 싶은 생각은 추호도 없습니다. 아저씨, 저의 무례를 용서해 주세요, 네? 저는 갑작스런 충동에 사로잡혀 편지를 써서는 다시 되찾지 못하게끔 우체통에 집어넣어 버리는 못된 버릇이 있어요. 그래서 제가 때때로 분별이 없고 은혜를 모르는 듯이 보일 때도 있지만, 저의 속마음은 그렇지 않아요. 저는 마음속으로 아저씨가 저에게 주신 삶과 자유와 독립에 대해 항상 감사하고 있습니다. 저의 어린 시절은 지루한 방황의 세월이었습니다. 그러나 이제 저는 순간순간이 너무나 행복하여 이것이 사실로 믿어지지 않을 정도입니다.

새벽 2시 15분입니다. 이제 살그머니 나가서 이 편지를 우체통에 집어넣으려고 해요. 아저씨는 먼저 쓴 편지를 받으신 뒤 곧이어 이 편지를 받아 보시게 될 것이에요.

그러면 아저씨가 저를 나쁘게 생각하실 시간이 그렇게 길어지지 않겠죠.

아저씨, 편히 주무세요. 저는 언제나 아저씨를 사랑해요.

주디 올림

5월 4일

친애하는 키다리 아저씨께

지난 토요일에는 운동회가 있었어요. 정말 볼 만한 광경이었지요. 제일 처음에는 흰 리넨 운동복을 입은 전교생들이 행진을 벌였어요. 4학년생들은 청색과 금색으로 된 일본식 종이 우산을 들었고, 3학년생들은 흰색과 노란색의 깃발을 들었습니다. 우리 2학년생은 진홍색 고무풍선을 들었지요. 고무풍선은 아주 매혹적이었는데, 특히 자꾸 손에서 빠져나가 날아갈 때에는 더욱 매혹적이었습니다. 1학년생들은 초록색 화장지로 만든 긴 리본을 단 모자를 썼어요. 또 시내에서 푸른색 제복 차림의 악단을 불러왔었어요. 그리고 서커스단에서 온 것 같은 열너더댓 명의 광대들이 운동 경기 중간중간에 관객들을 즐겁게 해 주었어요.

줄리아는 뚱뚱한 시골 사람으로 분장했는데, 먼지가 묻지 않게 하기 위해 리넨으로 만든 웃옷을 입고 부풀어오른 우산을 들고 있었어요. 줄리아의 아내는 키가 크고 마른 패치 모리어티(진짜 이름은 패트리시아입니다. 이런 이름을 들어 보신 적이 있으세요? 리페트 원장님도 더 이상 잘 지을 수 없었을 거예요.)로서 그녀는 우스꽝스럽게 생긴 초록색의 부인용 모자를 한쪽으로 비스듬히 썼어요. 이들 부부가 경기장을 도는 동안 웃음소리가 그치지 않은 것은 물론입니다. 줄리아는 맡은 역을 퍽 잘했어요. 저는 펜들턴 집안 사람이 그렇게 희극적인 성품을 잘 연기할 수 있으리라고는 결코 생각지 못했어요. 저비 도련님에게는 미안한 말이지만 전 그분이 진짜 펜들턴 집안 사람이 아니라고 생각해요. 그건 마치 제가 아저씨를 진짜 이사님이라고 생각지 않는 것과 비슷한 거예요.

샐리와 저는 경기 출전 때문에 가장행렬에는 끼지 않았어요. 그러면 어떻게 되었다고 생각하십니까? 우리 둘이 다 이겼어요! 적어도 몇 종목에서는 이겼어요. 우리는 넓이뛰기에서는 패배의 아픔을 맛보아야 했어요. 그러나 샐리는 장대 높이뛰기에서 7피트 3인치를 뛰어 우승했으며, 저는 50미터 경주에서 8초 만에 들어와 우승했어요.

50야드 경주에서 우승한 주디

골인하기 직전에 가서는 숨이 가빴으나 우리 학급 전체가 고무풍선을 흔들며 소리 높여 응원해 주어 참 신났어요.

주디 애버트는 어떻지?
잘하지.
누가 누가 잘하지?
주디 애—버트!

아저씨, 그것은 정말 명예스런 일이에요. 그러고 나서 옷 갈아입는 천막으로 급히 갔더니 알코올로 닦아 주기도 하고 레몬 주스도 마시라고 입에 대어 주더군요. 우리는 제법 직업 근성이 있죠? 학급을 위해 어떤 경기에 우승한다는 것은 훌륭한 일이죠. 왜냐하면 가장 점수를 많이 따는 학급이 그 해의 우승컵을 가져가게 되니까요. 금년에는 4학년이 일곱 종목에 우승하여 우승컵을 차지했어요. 체육협회는 우승자 전원을 위해 체육관에서 만찬회를 베풀었어요. 음식은 부드러운 게 튀김과 농구공 모양으로 만든 초콜릿 아이스크림이 나왔어요.

저는 어젯밤 『제인 에어』를 읽으며 밤을 새우다시피 했습니다. 아저씨, 60년 전 일을 기억하실 정도로 늙으셨나요? 만약 그러시다면 그때 사람들은 그런 식으로 얘기했습니까?

거만한 잉그램 블랑쉬가 시종에게 "이 악당아, 주둥아리를 닥쳐. 어서 시킨 일이나 해." 하고 말하는군요. 로체스터 씨는 하늘을 표현할 때 금속적 창공이라 말합니다. 그리고 하이에나(hyena ; 아시아와 아프리카 산 동물로 사육(死肉)을 먹으며, 그 짖는 소리는 악마의 웃음소리에 비유된다.)처럼 웃으며 침실 커튼에 불을 지르고 결혼식 때 입을 드레스를 찢고 물어뜯고 하는 미친 여자에 대해서 말하자면 이것은 아주 철저한 멜로 드라마입니다. 그러나 사람들은 읽고 또 읽고 또 읽지요. 처녀의 몸으로, 더욱이 교회 안에서 자란 처녀가 어떻게 그런 책을 쓸 수 있었는지 모르겠어요. 브론테 자매에게는 저를 매혹시키는 그 무엇이 있어요. 그들이 쓴 소설, 그들의 생애, 그들의 정신 모두가 그래요. 그들은 어디서 그런 자료들을 얻었을까요? 저는 어린 제인이 자선 학교에서 고통을 받는 장면을 읽을 때면 분노를 감당할 수 없어 밖에 나가 산책을 해야만 합니다. 저는 그녀가 느낀 것을 충분히 이해했어요. 저는 리페트 원장님을 통해서 브로클허스트 씨도 잘 알 수 있었어요.

아저씨, 화내지 마세요. 저는 존 그리어 고아원과 로드 자선 학교가 같다고 말씀드리는 것은 아닙니다. 우리는 먹을 것과 입을 것이 충분했고, 세숫물도 충분했으며, 지하실에는 난로도 있었습니다. 그러나 무서우리만큼 유사한 한 가지가 있습니다. 우리들의 생활은 아주 단조롭고 심심했습니다. 일요일에 아이스크림이 나오는 것을 제외한다면 어떤 좋은 일도 찾아볼 수 없었습니다. 그것도 규칙적이었습니다. 제가 그곳에 있던 18년 동안 저는 단 한 번 특별한 일을 겪었지요. 그것은 나무를 넣어 둔 창고에 불이 났을 때였습니다. 우리는 자다 말고 고아원 건물에 불이 붙을 경우에 대비하여 옷을 입었어요. 그러나 건물에 불이 붙지 않아 우리는 다시 가서 자야 했어요.

누구나 다소 예상 밖의 사건이 일어나는 것을 좋아해요. 이런 심정은 인간으로서 당연히 갖게 되는 감정이겠죠. 그러나 저는 리페트 원장님이 사무실로 불러 존 스미스 씨가 저를 대학에 보내 줄 것이라고 일러 줄 때까지는 그런 깜짝 놀랄 사건을 당해 본 적이 단 한 번도 없었어요. 또한 리페트 원장님은 그 소식을 워낙 조금씩 밝혀 주어 저는 크게 놀라지도 않았어요.

아저씨, 어떤 사람이든지 가장 필요한 자질은 상상력이라고 생각해요. 그것만 있다면 사람은 다른 사람의 입장에 처해 볼 수 있게 되지요. 상상력은 사람을 상냥하고 동정적이며 이해력을 갖게 하지요. 상상력은 어려서 개발되어야 해요. 그러나 존 그리어 고아원에서 상상력이란 불필요한 것으로 조금만 나타나도 그것을 짓밟았어요. 그곳에서 장려하는 것은 오로지 의무감뿐이었지요. 저는 의무라는 말의 뜻조차 아이들에게 가르쳐 주지 말아야 한다고 생각해요. 의무란 추악하고 진저리나는 것이에요. 아이들이 하는 모든 일은 사랑에서 비롯된 것이어야 해요.

제가 고아원 원장이 되어 보여 드릴 때까지 기다리세요. 이건 제가 밤에 잠들기 전 즐겨 하는 공상이랍니다. 저는 아주 세밀한 데까지 계획하고 있어요. 식사 문제, 의복 문제, 교육 문제, 오락 문제, 처벌 문제 등등. 왜냐하면 영리한 고아들도 가끔씩은 잘못을 저지를 테니까요.

어쨌든 고아들은 행복해질 것입니다. 제 생각에는 어른이 된 뒤에는 얼마나 많은 시련에 부딪히게 될지 모르지만 모든 사람은 회상해 볼 만한 행복한 어린 시절을 가져야 합니다. 그래서 제게 아이들이 생긴다면 제가 어떠한 불행을 당하든 그들이 자랄 때까지 고생이란 것은 시키지 않을 거예요.

(예배 시간을 알리는 종이 울립니다. 이 편지는 나중에 마저 쓰겠습니다.)

목요일

오늘 오후 실험실에서 돌아와 보니, 티 테이블 위에서 편도를 먹고 있는 다람쥐가 한 마리 있었어요. 이제 날씨가 따뜻해져서 창문을 열게 되니 이런 손님들의 방문이 가끔씩 있습니다.

지네씨 부인, 설탕을 한덩이 넣을까요, 두덩이 넣을까요?

토 요 일 아 침

오늘은 수업이 없는 토요일이므로 어젯밤은 제가 상금으로 산 스티븐슨 전집을 읽으면서 조용히 멋지게 보냈으리라고 생각하시지요? 그러나 만약 아저씨가 그런 생각을 하셨다면 아저씨는 여자 대학의 사정을 전혀 모르시는 것입니다. 여섯 명의 친구가 퍼지를 만들어 먹자고 몰려왔는데, 한 아이가 아직 굳지도 않은 퍼지를 우리의 가장 좋은 양탄자 한가운데에 떨어뜨렸어요. 이 얼룩은 지워지지 않을 거예요.

최근엔 공부 얘기를 하지 않았지만, 매일 공부를 하고 있어요. 그러나 공부 문제를 떠나서 인생을 폭넓게 논의하는 것도 다소 기분 전환이 되겠죠. 아저씨와 저와의 토론은 늘 저 혼자 얘기하는 일방적인 토론인데, 이것은 아저씨의 잘못이에요. 아무 때고 좋으실 때 회답해 주시면 고맙겠습니다.

이 편지는 사흘에 걸쳐 시간 날 때 조금씩 쓴 것이에요. 이제 지루하시지요!

좋은 분이여, 안녕.

주디 올림

키 다 리 스 미 스 아 저 씨 귀 하

논증과 논제의 항목 분류법에 대한 학습을 끝마쳤으므로 서신을 다음과 같은 방법으로 쓰기로 결정했습니다. 이 편지는 필요한 모든 사실을 담고 있는 반면 불필요한 군말은 전혀 없습니다.

1. 금주에 받은 필기시험 과목
   A. 화학
   B. 역사
2. 신기숙사 신축 중
   A. 건축 재료
      a. 붉은 벽돌
      b. 회색 석재
   B. 수용 인원
      a. 사감 1명, 강사 5명
      b. 여학생 2백 명
      c. 관리인 1명, 요리사 3명, 웨이트리스 20명, 하녀 20명
3. 오늘밤 디저트 메뉴는 진케트(junket ; 우유 제품으로 달콤한 맛이 난다.)였음.
4. 셰익스피어 희곡의 역사 자료에 관한 특별 논문을 집필 중.
5. 루 맥마흔이 오늘 오후 농구를 하던 도중 미끄러져 넘어졌음.
   A. 어깨뼈 탈골
   B. 무릎 타박상
6. 새 모자 구입
   A. 청색 벨벳 리본이 달렸음.

B. 두 개의 청색 깃이 꽂혔음.

C. 세 개의 빨간 방울이 달렸음.

7. 현재 시각은 9시 30분

8. 안녕히 주무십시오.

주디 올림

6월 2일

키다리 아저씨께

저에게 즐거운 일이 생겼는데 무슨 일인지 아저씨는 절대 짐작 못하실 거예요.

맥브라이드네가 올 여름에 애디론댁 산맥에 있는 그들의 캠프로 저를 초대했어요! 그들은 어떤 클럽의 회원인데, 그 클럽의 회원들은 각자 숲 한가운데에 있는 아름다운 작은 호숫가에 통나무로 지은 별장을 갖고 있대요. 그들은 카누를 저어 호수를 돌아다니고, 산길을 따라 멀리 떨어져 있는 다른 캠프장까지 걷기도 하고, 일주일에 한 번씩 클럽에서 댄스 파티도 한대요. 지미 맥브라이드가 이번 여름에 잠시 대학 친구를 그곳으로 데리고 온다는군요. 그러면 댄스 상대의 남자는 충분하겠지요?

맥브라이드 부인은 무척 친절한 분이시죠? 제가 지난 크리스마스에 그 집에 놀러갔을 때 저를 보시고 마음에 드셨나 봐요.

오늘 편지는 너무 짧아 죄송합니다. 이것은 진짜 편지가 아니라 여름 방학에 대한 계획이 결정되었음을 우선 통지하는 것입니다.

아주 만족하고 있는

주디 올림

6월 5일

친애하는 키다리 아저씨께

비서 되시는 분의 편지를 방금 받았습니다. 스미스 씨는 제가 맥브라이드 부인의 초청을 사양하고 작년 여름과 같이 록 월로 농장에 가기를 바라고 계신다더군요.

아저씨, 어째서, 어째서 그러시는 것이지요?

아저씨는 이 일에 관해 잘 이해하지 못하시는 것 같군요. 맥브라이드 부인은 제가 오기를 진정으로 원하고 있어요. 저는 전혀 그 집에서 폐가 되지 않아요. 오히려 제가 도움이 돼요. 그 집에서는 하인을 많이 둘 수 없으므로 샐리와 저는 유익한 일을 많이 할 수 있어요. 제가 살림을 배울 좋은 기회예요. 모든 여자는 살림을 알아야 돼요. 저는 고아원 살림밖에 모르고 있어요.

캠프장에는 우리 또래의 소녀가 없어서 맥브라이드 부인은 제가 샐리의 친구가 되어 주기를 원하세요. 샐리와 저는 함께 많은 책을 읽을 계획도 갖고 있어요. 다음 학년에 배울 국어와 사회학에 관한 책들을

120

읽을 참이에요. 교수님은 우리가 그 책들을 여름 방학 때 다 읽어 두면 큰 도움이 될 것이라고 말씀하셨어요. 우리가 함께 읽고 그것에 관해 토론하게 되면 훨씬 더 쉽게 기억하게 되겠죠.

샐리의 어머니와 함께 지낸다는 것 자체가 교육을 받는 것이에요. 그분은 세상에서 가장 재미있고 유쾌하며, 상냥하고 매력 있는 여성입니다. 그리고 그분은 얼마나 많은 것을 알고 계신다고요. 제가 얼마나 많은 여름을 리페트 원장님과 함께 보냈는지를 생각하시고, 또한 그 차이를 얼마나 절실하게 느끼는지 생각해 보세요.

그들의 집이 좁지 않을까 하는 걱정은 마세요. 그들의 집은 고무로 만들어져 있어 늘어날 수 있답니다. 그들은 만약 식구가 많아지면 숲 속 여기저기에 텐트를 치게 하여 사내애들을 밖으로 내보낼 것입니다. 하루 종일 밖에서 운동을 하게 될 것이므로 즐겁고 건강에 좋은 여름이 될 것입니다. 지미 맥브라이드는 말 타는 법, 카누 젓는 법, 사냥총 쏘는 법 그리고 그 외에도 제가 알고 있어야 될 많은 것들을 가르쳐 줄 거예요. 이런 생활은 아직 제가 경험하지 못한 즐거운 생활일 것입니다.

저는 모든 소녀는 인생에서 이런 즐거움을 한번쯤 느껴 볼 권리가 있다고 생각합니다. 물론 아저씨가 시키는 대로 하겠어요. 그러나 아저씨, 제발, 제발 가게 해 주세요. 이렇게 간절히 소원해 보기는 처음이에요.

지금 편지 쓰는 것은 미래의 대문호 제루샤 애버트가 아닙니다. 그저 주디라는 소녀입니다.

6월 9일

존 스미스 씨 귀하

금월 7일자 편지를 받았습니다. 선생님의 비서를 통해 하신 지시대로 저는 금요일날 록 윌로 농장으로 출발해서, 그곳에서 여름을 보내겠습니다.

제루샤 애버트 올림

8월 3일, 록 윌로 농장에서

친애하는 키다리 아저씨께

벌써 두 달 가까이 편지를 드리지 않았군요. 이렇게 하는 것이 좋은 것은 아니라는 걸 저도 알아요. 그러나 금년 여름에는 아저씨가 과히 마음에 들지 않았어요. 솔직히 말씀드리는 것입니다! 아저씨는 제가 맥브라이드네 캠프로의 초청을 포기한 것에 대해 얼마나 실망했는지 상상도 못하실 거예요. 물론 아저씨가 저의 후견인이라는 사실과 모든 문제에 있어 아저씨의 의향을 따라야 한다는 것은 잘 알고 있어요. 그러나 이번 일은 '이유'를 전혀 알 수가 없어요. 제게 그 일은 두말할 필요도 없는 좋은 기회였는데 말예요. 아저씨와 제 입장이 반대였더라면 저는 이렇게 말했을 거예요.

"애야, 축하한다. 재미있게 지내다가 오너라. 많은 사람과 사귀고 새

122

로운 것을 배워라. 야외 생활을 하여 튼튼하고 건강해져라. 앞으로 또 일년간의 고된 공부를 위해서 푹 쉬어라."

그러나 아저씨는 그게 아니었어요! 아저씨는 비서를 통해 록 윌로 농장으로 가라는 간단한 명령을 하셨을 뿐이에요.

제 감정을 상하게 하는 것은 명령하는 그 비인간적인 태도입니다. 만약 아저씨가 조금이라도 제가 아저씨에 대해 느끼고 있는 것과 같이 저에 대해 느끼신다면, 인간미 없이 비서를 시켜 몇 자 타이프 치게 하지 않고 때때로 손수 쓰신 편지를 보내셨을 거라고 생각되어요. 아저씨가 조금이라도 제게 관심을 갖고 계시다는 암시만 주신다면 저는 아저씨를 즐겁게 해 드리기 위해서 어떤 일도 마다하지 않을 텐데요.

저는 회답을 전혀 기대해서는 안 되고, 길고도 자세한 그리고 상냥한 편지를 쓰기만 해야 한다는 것은 잘 알고 있습니다. 아저씨는 저를 교육시킨다는 아저씨 측 계약을 충실히 이행하고 계시며, 제가 계약을 제대로 이행하지 않는다고 생각하실 줄로 압니다.

그러나 아저씨, 이것은 너무 힘든 계약입니다. 정말 지키기 어렵습니다. 저는 무척 고독합니다. 제가 생각해야 되는 사람은 아저씨 외에는 없는데 아저씨는 마치 그림자와 같습니다. 아저씨는 제가 허구로 만든 상상의 인물에 지나지 않습니다. 어쩌면 진짜 아저씨는 제가 상상하고 있는 아저씨와 닮은 곳이라곤 조금도 없을지도 모릅니다. 그러나 제가 병이 나서 입원했을 때 아저씨는 문병 편지를 보내 주셨습니다. 그래서 저는 몹시 심하게 버림받았다고 느껴질 때에는 그 편지를 꺼내 읽고 또 읽어 봅니다.

처음 편지를 쓸 때에는 다음과 같이 쓰려고 마음먹었는데, 딴 얘기를 많이 하게 되었군요.

독단적이고 강압적이고 부당하고 전능하고 보이지 않는 신과 같은 사람에게 붙들려서 조종당한다는 것은 매우 굴욕적인 노릇입니다. 제 가슴은 멍이 들어 아직도 아프지만 아저씨가 여전히 친절하고 관대하고 사려 깊게 대해 주신다면, 저는 그분이 원한다면 독단적이고 강압적이고 부당하고 보이지 않는 신이 될 권리가 있다고 생각합니다. 그래서 아저씨를 용서한 것이며, 다시 명랑해질 것입니다. 그러나 저는 아직 샐리네 가족이 캠프에서 재미있게 지낸다는 편지를 받을 땐 기분이 언짢습니다!

그러나 이제 그 일은 잊어버리고 새로운 출발을 약속해요.

저는 이번 여름에 굉장히 많은 작품을 쓰고 있어요. 이미 네 개의 단편을 끝내어 각각 다른 잡지사에 보냈습니다. 그러니까 작가가 되려는 저의 노력이 어느 정도인지 아시겠죠. 저의 집필실은 저비 도련님이 비 오는 날 노는 방으로 쓰던 다락 귀퉁이에 있습니다. 그곳은 지붕에 난 창이 두 개가 있어 통풍이 잘 되어 서늘합니다. 그곳에 그늘을 던져 주는 단풍나무에는 빨간 다람쥐 가족이 구멍을 파서 살고 있어요.

며칠 안으로 농장의 여러 가지 소식을 모두 전하는 재미있는 편지를 쓰겠습니다.

비가 한줄기 내렸으면 좋겠어요.

아저씨의 영원한 벗

주디 올림

8월 10일

키다리 아저씨 귀하

이 편지를 쓰고 있는 저는 지금 목장 연못가의 버드나무 둘째 가지 위에 앉아 있습니다. 아래엔 개구리들의 울음소리가 들리고, 머리 위에서는 매미가 합창을 하고 있으며 두 마리의 작은 다람쥐들이 나무 줄기를 오르내리고 있습니다. 저는 두 시간째 이 가지 위에 있어요. 가지 위는 아주 편합니다. 특히 소파 방석 두 장을 깔았더니 더 편안해요. 저는 불멸의 단편을 쓸 맘으로 펜과 원고지를 가지고 올라왔으나 여주인공 때문에 큰 곤욕을 치르고 있습니다. 여주인공의 언행이 제가 인도하는 대로 되지가 않습니다. 그래서 잠시 접어 두고, 대신 아저씨께 편지를 쓰는 것입니다(그러나 아저씨도 제가 원하는 대로 움직일 수 없어 크게 기분 전환이 못되는군요.).

만약 아저씨가 지금 저 지긋지긋한 뉴욕에 머무르고 계신다면 아름답고, 미풍이 살랑대고, 햇살이 찬란한 이 경치를 얼마만큼이라도 보내드리고 싶군요. 일주일간 비 온 뒤의 시골이란 천국 그 자체입니다.

천국 얘기가 나왔으니 말인데요, 지난 여름 제가 편지에서 말한 켈로그 목사가 기억나십니까? 보니리그에 있는 작고 하얀 교회의 목사 말입니다. 그런데 그 불쌍한 노인은 지난 겨울 폐렴으로 죽었어요. 저는 그 교회에 대여섯 번 가서 그 목사의 설교를 들었기 때문에 그분의 신학에 대해서 잘 알고 있지요. 그분은 최초의 신념을 최후에까지 그대로 믿었어요. 47년간 한 가지 생각을 바꾸지 않고 외곬으로 살아가는 사람은 희귀한 물건과 같이 장롱 속에 잘 보관해 두어야 한다고 생각되어요. 저는 그분이 지금 천국에서 금관을 쓰고 하프를 켜고 있기를 기원합니다. 그분은 그것에 관해 굳은 신념이 있었어요!

그분의 후임으로는 매우 잘난 체하는 젊은 사람이 왔어요. 신도들은, 그중에서도 특히 커밍스 집사님을 따랐던 사람들은 새 목사가 그리 달갑지 않은 모양이에요. 교회의 신도들이 크게 분열될 것 같아요. 이곳 사람들은 종교상의 혁신을 별로 좋아하지 않습니다.

비가 오는 일주일 동안 저는 다락방에 틀어박혀 독서에 빠져 있었습니다. 주로 스티븐슨의 작품을 읽었지요. 흥미로운 것은 작자의 소설 속 인물보다는 작자 바로 자신이었어요. 제 생각으로는 스티븐슨은 자신을 소설의 주인공으로 하였더라도 아주 훌륭한 주인공이 되었을 거예요. 그는 부친이 남겨 준 유산 1만 달러를 모두 소비하여 요트 한 척을 사 가지고 남해로 항해를 떠났는데, 참 멋있다고 생각지 않으세요? 그는 그의 모험에 대한 신조에 따라 살았어요. 만약 저도 아버지로부터 1만 달러의 유산을 상속받는다면 마찬가지일 거예요. 베일리머 (Vailima ; 사모아 섬에 있으며, 스티븐슨이 만년에 살았던 곳)를 생각만 해도 피가 끓어요. 저는 열대 지방에 가 보고 싶습니다. 세계 일주를 하고 싶어요. 언젠가 그것을 실현시키고 말겠어요. 위대한 작가나, 화가나, 배우나, 극작가나, 아니면 다른 종류의 훌륭한 사람이 되는 날에는 분명 그럴 거예요. 저는 지독한 방랑벽이 있는 걸요. 단지 지도를 보는 것만으로도 우산을 들고 떠나고 싶어집니다. "저는 죽기 전에 남국의 종려나무와 사원을 볼 겁니다."

목요일 저녁 황혼 무렵, 문의 층계에 앉아서

이 편지에서 무슨 소식을 찾아보려면 매우 힘드시지요! 주디는 최근 철학적 경향을 띠기 시작해 일상 생활의 사소한 것을 자세히 다루는 것보다 전반적인 세계 문제를 크게 논하고 싶어합니다. 그러나 아저씨가 꼭 소식을 보내 달라고 하신다면 여기 있습니다.

지난 화요일 아홉 마리의 새끼 돼지가 개천을 건너 도망쳐 버렸는데, 여덟 마리만 돌아왔습니다. 남을 부당하게 비난할 필요는 없지만, 다우드 과부네가 전보다 한 마리 더 갖고 있는 것 같아요.

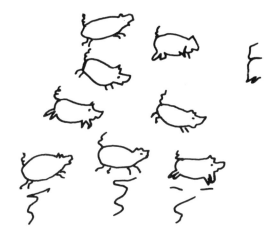

위버 씨는 헛간과 건초 창고를 밝고 노란 호박색으로 칠했어요. 색깔이 아주 싫었는데 그분의 말로는 그 색이 변색이 잘 안 된다는군요.

브루어 씨 댁에는 이번 주에 손님이 왔습니다. 오하이오에서 브루어

부인의 여동생과 조카 둘이 왔습니다.

로드아일랜드 레드 닭 한 마리가 병아리를 깠는데 열다섯 개의 알 중 단지 세 마리만 깠습니다. 무엇이 잘못되었는지 모르겠어요. 제가 보기에는 로드아일랜드 레드 종은 아주 열등한 종자입니다. 저는 버프오핑톤스 종이 더 낫다고 생각해요.

보니리그 네거리의 모퉁이에 있는 우체국에 새로 온 직원이 저장하고 있던 7달러어치나 되는 자메이카 진저에일을 한 방울도 남기지 않고 다 마셔 버렸다가 발각되었어요.

아이러 해치 할아버지는 류머티즘에 걸려 더 이상 일을 할 수 없게 되었습니다. 노인은 벌이가 좋을 때 저축을 하지 않았기 때문에 이젠 읍의 구호로 살아가게 되었어요.

오는 토요일 저녁에는 교장 관사에서 아이스크림 파티가 있다는데 가족과 함께 오랍니다.

저는 우체국에서 25센트를 주고 새 모자를 샀어요. 다음 그림은 저의 가장 최근의 모습을 그린 겁니다. 건초를 모으러 가는 길이에요. 너무 어두워져 글씨가 보이지 않습니다. 하긴 알려 드릴 이야기는 이미 다 써 버렸으니까요.

안녕히 주무세요.

주디 올림

금요일

안녕하십니까! 알려 드릴 소식이 있는데 무엇이라 짐작하세요? 록 윌로 농장에 누가 오는지 아저씨는 절대로, 절대로 짐작도 못하실 거예요. 펜들턴 씨한테서 샘플 부인에게 편지가 왔어요. 펜들턴 씨는 자동차로 버크셔 구릉 지방을 여행하고 있는데, 너무 피로한 탓에 조용하고 아늑한 농장에서 쉬고 싶대요. 어느 날 저녁이든 갑자기 이곳에 도착하면 휴식을 취할 방이 준비되겠느냐는 것입니다. 아마 그분은 일주일 또는 2주일, 아니면 3주일 정도 머무를 것이에요. 그분이 이곳에 오시면 얼마나 평화로운 곳인가를 알게 될 거예요.

우리는 얼마나 당황했는지요! 집 안 구석구석을 청소 중이며, 커튼도 전부 빨았어요. 저는 오늘 아침 마차를 타고 보니리그 네거리에 가서 현관에 깔 유포(油布)와 홀과 뒤층계에 칠할 자주색 페인트 두 통을 살 예정입니다. 내일은 창문을 닦아 주기 위해서 다우드 부인이 오기로 되어 있어요(워낙 급한 사태인지라 우리는 돼지 새끼에 대한 의심을 덮어 버렸어요.). 우리가 이렇게 법석을 떤다고 해서 이 집이 보통 때는 깨끗하지 않을 것이라고 생각하실지도 모르지만, 사실은 완벽할 정도로 깨끗합니다. 손이 모자라긴 하지만 샘플 부인은 주부로서는 훌륭한 분이신 걸요.

아저씨, 펜들턴 씨는 참 남자답지 못하시지요? 그분은 현관에 오늘 모습을 드러내시게 될지 아니면 오늘부터 2주일 후에 나타날 것인지 전혀 언급이 없었어요. 우리는 그분이 오실 때까지 계속 긴장을 풀면 안 됩니다. 그런데 만약 그분이 빨리 오시지 않으면 청소를 온통 다시 한 번 해야 할지 몰라요.

아마사이가 그로브가 끄는 긴 사륜 마차를 아래에 내놓고 기다리고 있어요. 저 혼자 몰고 갈 생각입니다. 늙은 그로브를 보신다면 저의 안전에 대해 걱정하시지 않을 거예요.

가슴에 손을 얹고, 안녕.

주디 올림

추신

끝맺는 말이 아주 멋있죠? 저는 이것을 스티븐슨의 편지에서 인용했어요.

늙은 그로브는 매우 안전합니다

토 요 일

다시 안녕하십니까? 이 편지를 봉투에 넣기 전에 우편 배달부가 다녀가서 여기에 추가해서 씁니다. 우편 배달부는 매일 12시에 옵니다. 농촌에서 우편 배달부는 정말 고마운 사람입니다. 우편 배달부는 편지 배달 외에도 한 건에 5센트씩 받고 우리들의 심부름도 대신한답니다. 어제는 우편 배달부가 저에게 구두끈과 콜드크림 한 통(새 모자를 쓰기 전에 얼굴이 타서 콧등 껍질이 벗겨졌습니다.), 하늘색 넥타이 그리고 검정 구두약 한 통을 사다 주어서 수고비로 10센트를 주었습니다. 이것은 제가 자주 주문하니까 특별히 싸게 해 준 것입니다.

또한 우편 배달부는 세상에 무슨 일이 있었는지를 전해 줍니다. 몇몇 사람이 배달로 신문을 구독하는데, 우편 배달부는 걸으면서 신문을 읽은 후 신문을 보지 않는 사람들에게 소식을 그대로 전합니다. 그래서 미국·일본간에 전쟁이 발발했다거나 대통령이 암살당했다거나 록펠러 씨가 존 그리어 고아원에 1백만 달러를 기부했다 해도 아저씨가 편지로 알려 주시는 수고는 필요 없습니다. 저는 소식을 이럭저럭 듣게 되니까요.

저비 도련님은 아직 나타나지 않았습니다. 이 집이 얼마나 깨끗한지 아십니까? 또한 우리가 밖에서 집 안으로 들어갈 때 얼마나 조심스럽게 신발을 닦는지 아세요?

저는 그분이 속히 도착하기를 바라요. 대화를 나눌 수 있는 사람이 못 견디게 그리워요. 사실을 말하면 샘플 부인은 좀 단조로워요. 부인은 사념(思念)에 사로잡히는 일 없이 그저 이야기를 술술 할 뿐이에요. 이것이 이곳 사람들의 이상한 점입니다. 이 사람들의 세계는 언덕 외에는 아무것도 없습니다. 그들은 너무나 비우주적입니다. 제 말뜻을 아시겠죠. 이것은 마치 존 그리어 고아원과 유사합니다. 그곳에서 우리들의 사념은 사면을 둘러싼 쇠 울타리로 갇혀 있었지요. 다만 그것이 크게 문제되지 않았던 건 그때 전 너무 어리고 바빴기 때문입니다. 제가 맡은 침구들을 정리하고, 아이들의 얼굴을 씻어 주고, 학교에 갔다 돌아와서 다시 아이들의 얼굴을 씻어 주고, 해진 양말들과 프레디 퍼킨스의 바지를 기워 주고(그 녀석은 매일같이 바지에 구멍을 냈습니다.), 사이사이에 공부를 하다 보면 자야 할 시간이 됩니다. 사교적인 모임이 없다는 것을 특별히 느낄 수가 없었어요.

그러나 이제 2년이나 여자 대학에서 재잘거리며 지냈더니 친구들이 그립습니다. 저와 얘기가 통하는 사람을 만난다는 것은 무척 기쁜 일일 텐데요.

아저씨, 이제 편지가 끝났습니다. 이 순간에도 특별한 일은 없으니까요. 다음 번에는 더 긴 편지를 써 보겠습니다.

항상 아저씨의 벗인

주디 올림

추신

금년에는 상추가 잘되지 않았어요. 초여름의 심한 가뭄 때문이에요.

8월 25일

아저씨, 드디어 저비 도련님이 오셨어요.

우리는 아주 즐거운 시간을 가지고 있어요! 적어도 저는 즐겁게 보내고 있으며, 그분도 마찬가지일 거라 생각해요. 그분은 여기 오신 지 열흘이 지났는데도 전혀 돌아갈 기색을 보이지 않습니다. 샘플 부인이 그분을 애지중지하는 모습은 눈뜨고 못 볼 정도예요. 만약 그분이 어렸을 때도 그랬다면 어떻게 그분이 그렇게 훌륭한 사람이 되었는지 의심스럽습니다.

그분과 저는 측면 현관이나 때로는 나무 아래에다 작은 테이블을 놓고 식사를 합니다. 또는 비가 오거나 날씨가 쌀쌀할 때에는 제일 좋은 객실에서 식사를 합니다. 그분이 식사하고 싶은 장소를 정하시면 캐리가 테이블을 들고 뒤를 따라 어정어정 걸어옵니다. 그 일이 아주 성가시거나 그녀가 접시들을 아주 먼 곳까지 날라야 할 때면 그녀는 설탕 그릇 밑에서 1달러를 발견하게 됩니다!

그분은 언뜻 보아서는 그렇게 보이지 않을 수 있지만, 사실은 아주 사귀기 좋은 타입의 남자예요. 첫인상에선 진짜 펜들턴 집안 사람 같아 보였으나 사실은 전혀 그렇지 않아요. 그분은 정말 순수하고 겸손하고 상냥해요. 남자가 상냥하다면 조금 우스운 표현이 되겠으나 사실이 그런 걸요. 그분은 이곳 농부들에게 아주 친절해요. 그분은 농부들을 너무나 인간적으로 대해 주기 때문에 그들은 금세 경계심을 풀어 버려요. 농부들은 처음에는 그분을 경계해요. 그들은 그분의 옷차림이 마음에 들지 않았나 봐요! 제가 보기에도 그분의 옷은 좀 놀라운 점이 있어요. 그분은 짧은 바지에 주름 잡힌 재킷을 입거나 흰 플란넬에 통이 불룩한 승마복을 입습니다. 그분이 새 옷을 입고 2층에서 내려올 때면 언제나 샘플 부인은 자랑스럽다는 듯이 그분의 주위를 이리저리 돌며 여러 각도에서 바라봅니다. 부인은 그분에게 어디 앉을 때 조심해서 앉으라고 당부하지요. 그분은 이러는 것을 아주 귀찮아해요. 그분은 늘 샘플 부인에게 이렇게 말해요.

"아주머니, 저리 가서 아주머니 일을 하시는 게 좋겠어요. 나를 감독한다는 건 무리예요. 난 어른이니까요."

그렇게 훌륭하고 큰 키다리(아저씨, 그분은 아저씨만큼 키다리일 거예요.)가 어렸을 땐 샘플 부인이 무릎에 안아서 얼굴을 씻겼다니 우스워 죽겠어요. 그녀의 무릎을 보면 더 우습죠! 그녀는 지금 무릎은 둘, 턱은 셋을 갖고 있어요. 저비 도련님의 이야기로는, 그녀는 예전엔 날씬하고 강단이 있었으며 재빨라서 그분보다 더 빨리 달릴 수 있었대요.

우리는 아주 많은 모험을 하고 있어요! 우리는 시골을 수마일 탐험했어요. 저는 깃털로 만든, 묘하게 생긴 작은 파리 낚시로 낚시질하는 법을 배웠어요. 그리고 장총과 권총으로 사격하는 법도 배웠어요. 거기에 승마까지요. 늙은 그로브는 아직도 상당한 힘을 갖고 있어요. 우리는 그 말에게 사흘 동안 귀리를 먹였지요. 그놈은 송아지 소리에 놀라서 저를 태운 채 달아날 뻔했어요.

수요일

월요일 오후 우리는 스카이 힐을 등산했어요. 스카이 힐은 이 근처에 있는 산으로 그렇게 높지는 않으나 그래도 꼭대기까지 올라가려면 좀 숨이 차요. 아래쪽 경사는 숲으로 덮여 있지만, 꼭대기는 바위들로 이루어진 탁 트인 황야입니다. 거기에는 눈도 쌓여 있지 않아요. 우리는 해질 무렵까지 거기에 있으면서 불을 피워 가지고 저녁을 해 먹었어요. 음식은 저비 도련님이 만들었어요. 그분은 저보다 요리 솜씨가 나을 거라고 말했어요. 그런데 그건 사실이었어요. 왜냐하면 그분은 캠핑을 자주 하기 때문이래요. 그러다가 우리는 달빛으로 길을 찾아 내려왔어요. 어두운 숲 속 길에서는 그분이 호주머니에서 꺼낸 회중전등의 빛으로 걸었어요. 정말 즐거웠어요! 그분은 내려오는 동안 줄곧 웃고 농담을 했으며, 재미있는 얘기도 했어요. 그분은 제가 읽은 책은 물론, 제가 읽지 못한 책도 많이 읽었더군요. 어떡하면 그렇게 많은 지식을 갖게 되는지 놀랐어요.

오늘 오전 우리는 꽤 먼 곳까지 산책했다가 폭풍우를 만났어요. 집에 도착하기 전에 우리의 옷은 푹 젖었지요. 그러나 우리의 기분은 조금도 젖지 않았어요. 우리가 부엌에 빗물을 뚝뚝 떨구면서 들어갈 때의 모습을 본 샘플 부인의 얼굴 표정은 정말 볼 만했어요.

"오, 저비 도련님, 주디 아씨! 몽땅 젖었군요. 아이고, 이런! 이걸 어쩌지! 그 좋은 새 코트를 완전히 버렸군요."

샘플 부인은 참으로 우스운 여자예요. 우리는 열 살 난 애들이고 그녀는 속이 상한 어머니 같습니다. 저는 당분간 차 마실 때 잼도 못 얻어먹을까 봐 걱정했어요.

토 요 일

이 편지는 꽤 오래전에 시작했는데도 도무지 끝낼 짬이 없군요.

이것은 스티븐슨의 글인데, 멋지다고 생각되지 않으세요?

세상은 많은 것으로 가득 찼으니,
우리는 누구나 왕들처럼 행복할 걸세.

이 말은 사실입니다. 세상은 행복으로 풍만합니다. 다가오는 행복을 붙잡을 마음만 있다면 모든 사람이 다 향유할 수 있을 만큼 많이 있습니다. 비결은 '유순하게 있는 것' 입니다. 특히 시골에는 재미있는 일들이 많이 있습니다. 저는 어느 땅이나 걸을 수 있으며, 모든 곳의 경치를 볼 수 있으며, 어떤 개울에서든지 발을 담글 수 있습니다. 그리고 이 모든 땅을 제가 소유한 것과 똑같이 즐길 수 있습니다. 세금은 한푼도 내지 않고요!

지금은 일요일 밤 11시경입니다. 제가 초저녁잠을 자고 있으리라고 생각하시겠지만 저녁때 커피를 마셔서 숙면은 이미 글렀는걸요!

오늘 아침 샘플 부인이 펜들턴 씨에게 아주 단호한 어조로 이렇게 말했어요.

"교회에 11시까지 도착하려면 집에서 10시 15분에는 떠나야 해요."

"알았어요, 아주머니. 마차나 준비해요. 그때까지 옷을 다 못 갈아입는다면 기다리지 말고 가는 것이 좋겠어요." 하고 저비 도련님이 말했습니다.

"기다리겠어요."

"좋을 대로 해요. 하여간 말을 너무 오래 세워 둔다는 것은 좋지 않아요."

그러고 나서 샘플 부인이 옷을 갈아입는 동안 저비 도련님은 캐리에게 도시락을 준비하라 이르고 저에게는 야외복으로 갈아입으라고 했어요. 우리는 뒷문으로 몰래 빠져나가 낚시를 하러 갔어요.

138

우리가 늦게 돌아와서 집안이 온통 소란이었어요. 왜냐하면 록 윌로 농장에선 일요일 정찬은 항상 2시로 정해져 있으니까요. 그러나 저비 도련님은 7시에 정찬을 차리라고 분부했어요. 그분은 자기 편한 대로 식사를 준비시키죠. 마치 식당에서처럼 말입니다. 이것 때문에 캐리와 아마사이가 마차 드라이브를 하지 못했어요. 그러나 그분은 시중 드는 사람 없이 마차 드라이브하는 것은 적합치 못하기 때문에 가지 않는 편이 더 좋다고 말했어요. 그분은 직접 저를 태워 주기 위해 말들이 필요했던 거예요. 아저씨는 이렇게 재미있는 얘기를 들어 보셨어요?

그런데 불쌍하게도 샘플 부인은 주일날 낚시하러 가는 사람은 나중에 불지옥으로 떨어진다고 믿고 있어요! 샘플 부인은 저비 도련님이 어리고 힘이 없어 자신의 의지대로 교육시킬 수 있었을 때 그분을 더 잘 가르치지 못한 것이 무척이나 후회스런 모양이에요. 더욱이 그녀는 교회에서 다른 사람들에게 그분을 자랑하고 싶었는데 그러지 못하여 아쉬워했어요.

하여간 우리는 물고기를 낚아(그분은 작은 고기 네 마리를 잡았어요.) 그것을 모닥불에 구워 점심을 대신했어요. 고기들이 고정시켜 놓은 막대기에서 자꾸 불 속으로 떨어져 좀 탔지만 우리는 그대로 먹었어요. 우리는 4시에 집으로 돌아왔다가 5시에 마차 드라이브를 하고 7시에 저녁을 먹었습니다. 10시에야 겨우 제 침실로 올라와서, 지금 이렇게 아저씨한테 편지를 쓰고 있는 것입니다.

역시 좀 졸려 오는군요. 안녕히 주무세요.

여기에 제가 잡은 고기를 그렸습니다.

여봐요, 키다리 선장!

닻을 내려! 밧줄을 묶어! 어허 어기여차! 럼주 한 병!

아저씨, 제가 무엇을 읽고 있는지 아세요? 요 이틀 동안 저와 저비 도련님은 항해와 해적에 관한 대화를 많이 나누었어요. 『보물섬』은 재미 있지 않아요? 아저씨는 이 책을 읽어 보셨어요? 아저씨가 읽어 보시지 못했다면 아저씨가 어렸을 때 이 책이 출판되지 않았나요? 스티븐슨이 이 연재소설의 인세로 받은 돈은 겨우 30파운드였대요. 위대한 작가가 된다고 수입이 좋은 건 아닌가 봐요. 선생이 되는 것이 낫겠어요.

제 편지를 스티븐슨의 이야기로 가득 채워 죄송해요. 현재 저는 스티 븐슨에게 푹 빠져 있습니다. 록 윌로의 서재엔 그의 책들이 가득합니 다.

저는 이 편지를 2주일째 쓰고 있어 이제 끝내도 될 정도로 충분히 길 다고 생각합니다. 제가 상세히 쓰지 않는다는 말은 하지 않으시겠죠. 아저씨도 여기 오셨다면 얼마나 좋을까요. 우리는 모두 아주 즐거운 시간을 보낼 수 있었을 텐데요. 전 제가 따로 알고 있는 두 분이 서로 친하게 되었으면 해요. 저는 펜들턴 씨한테 뉴욕에 계시는 아저씨를 아시느냐고 묻고 싶었어요. 저는 그분이 아저씨를 알고 있을 거라고 생각해요. 두 분께서는 모두 상류 사교계에 나가실 것이고, 두 분 다 개혁 같은 것에 관심을 갖고 계시니까요. 하지만 아저씨의 진짜 이름을 모르기 때문에 물어볼 수는 없었어요.

아저씨 이름을 모른다니 세상에서 이 이상 더 바보스러운 일이 있을 수 있다고 생각하세요? 리페트 원장님은 아저씨가 괴팍하다고 경고했었는데, 저도 역시 그렇게 생각합니다!

아저씨를 사랑하는
주디 올림

추신

이 편지를 다시 읽어 보니까 스티븐슨 이야기로만 가득한 건 아니군요. 한두 군데에는 저비 도련님에 대한 얘기도 조금 있네요.

9월 10일

사랑하는 아저씨께

그분이 가셨어요. 이곳 사람들은 그분이 떠난 것에 아쉬움을 느껴요! 누구든지 장소나 생활 방식에 익숙해 있다가 갑자기 그것들과 떨어지게 되면 심한 허탈감에 빠지거나 쓰라린 기분을 느끼게 되는 법이지요. 샘플 부인과의 대화는 간이 맞지 않은 맛없는 요리와 같습니다.

개학이 2주일 후로 다가왔습니다. 저는 기쁜 마음으로 다시 공부하게 될 거예요. 이번 여름 방학에도 열심히 공부를 했습니다. 여섯 편의 단편과 일곱 편의 시를 썼어요. 제가 잡지사에 보낸 작품들은 모두 정중한 답장과 함께 신속히 되돌려졌습니다. 그러나 실망에 빠지진 않아요. 그것은 좋은 경험이 되었으니까요. 저비 도련님도 그것들을 읽었어요. 그분이 우편물을 받았으므로 감출 도리가 없었지요. 그런데 그분은 제 작품들이 아주 엉터리라고 말했어요. 어느 작품에서도 저의 의도가 조금도 드러나지 않았다는 평입니다(저비 도련님은 진실에 대해서는 예의를 차리지 않습니다.). 그러나 대학 생활을 소재로 간단히 스케치한 제일 마지막 작품은 조금 낫다고 말했습니다. 그분이 직접 타이프를 쳐 주어 저는 잡지사에 보냈습니다. 그런 후에 2주일이 지났는데도 돌려보내 주지 않는 것을 보니 그 작품을 검토하고 있는 모양이지요.

정말 멋진 하늘이에요! 아주 묘한 오렌지빛이 모든 것을 물들이고 있어요. 아무래도 소나기가 한차례 쏟아질 것 같군요.

142

바로 이때 주먹만한 빗방울들이 떨어지기 시작하여 덧문들을 후려 쳤습니다.

저는 달려가서 창문을 닫고, 캐리는 빈 우유통을 한아름 안고 다락으로 올라가 비가 새는 곳에 놓았습니다. 저는 다시 펜을 들고 편지를 쓰려다가 과수원의 나무 밑에 방석, 깔개, 모자, 매슈 아놀드의 시집을 놓고 온 일이 생각나서 재빨리 달려가 그것들을 가져왔지만 이미 흠뻑 젖어 있었어요. 시집 표지의 빨간색이 속으로 번져 있었습니다. '도버 해협'은 앞으로 분홍색 파도로 씻기게 될 것입니다.

시골에서의 소나기란 번잡스런 것입니다. 밖에 내놓았다가 젖어서 못 쓰게 될 많은 물건들에 대해 항상 신경을 써야 하니까요.

목요일

아저씨! 아저씨! 무슨 일이겠어요? 우편 배달부가 지금 막 두 통의 편지를 가져다주었어요.

첫째 편지는 잡지사에서 온 것으로 제 소설이 채택되었다는군요. 50달러를 동봉했어요. 이젠 저도 작가입니다!

둘째 편지는 대학 당국이 기숙사비와 수업료를 면제해 주는 장학금을 저에게 준다는 통지입니다. 이 장학금은 '전반적으로 교과 성적이 우수하며, 특히 국어 작문에 뛰어난 학생'에게 주는 것으로 한 졸업생의 기금으로 마련된 것입니다. 그런데 제가 이 장학금을 받게 되다니요! 록 윌로 농장으로 떠나기 전에 신청했었지만, 1학년 때 수학과 라틴어 성적이 나빠 장학금을 타게 되리라고는 전혀 기대하지 않았어요. 아마도 다른 성적들이 이 약점을 벌충한 모양이에요. 아저씨, 정말 기뻐요. 왜냐하면 이제 아저씨에게 큰 부담을 끼치지 않아도 되었기 때문입니다. 이젠 매달 용돈만 보내 주시면 됩니다. 혹시 제 작품이 팔리거나, 가정교사 아니면 다른 일로 용돈도 벌 수 있게 될지 모르겠습니다.

다시 대학으로 돌아가서 공부를 시작하고 싶어 견딜 수 없습니다.

아저씨의 영원한 벗
제루샤 애버트 올림

『대학 2학년생이 경기에서 이겼을 때』의 저자.
각 신문 잡지 판매소에서 판매 중. 가격 10센트.

9월 26일

친애하는 키다리 아저씨께

다시 대학에 돌아왔습니다. 이젠 저도 상급생입니다. 우리 공부방은 먼저보다 훨씬 훌륭합니다. 큰 창문이 둘이나 있는데다 남향이랍니다. 훌륭한 가구들까지 있어요! 줄리아는 많은 용돈을 가지고 이틀 전에 와서 방을 꾸미는 데 열심입니다.

우리는 벽지도 새로 바르고, 동양식 융단을 깔고 마호가니 의자도 구했습니다. 이것은 지난번에 우리가 만족해하던 칠만 미끈한 가짜가 아닌 진짜 마호가니 의자입니다. 새 방은 아주 호화로우나 저와는 별로 어울리지 않는 느낌입니다. 제가 잘못하여 잉크를 엎지르지 않을까 하고 늘 신경을 쓰게 됩니다.

그리고 와 보니 아저씨의 편지가 와 있더군요. 아니, 실례했습니다. 아저씨 비서의 편지 말입니다.

아저씨, 왜 제가 장학금을 받지 말아야 하는지 알아듣도록 설명을 해 주시지 않겠습니까? 저는 아저씨가 반대하시는 이유를 전혀 이해 못하겠어요. 그러나 어쨌든 제가 이미 장학금을 수락했으므로 아저씨가 반대하신다 해도 어쩔 수 없습니다. 제 의지는 결코 흔들리지 않습니다! 좀 건방지게 들리시겠지만 본의는 아닙니다.

아저씨가 저를 교육시키려고 결정하셨을 때 제 교육을 끝마쳐 주고 싶어하셨을 거라고 생각해요. 나중에 졸업장을 받는 형식으로 유종의 미를 거두려 하셨을 거예요.

그러나 잠시만 제 입장을 생각해 보세요. 제가 장학금을 받더라도 아저씨가 제 교육비 전부를 지불해 주신 것과 마찬가지로 제 교육 전부를 아저씨에게 빚지게 될 것입니다. 그런데 저는 빚지는 것을 그렇게 좋아하진 않아요. 아저씨는 제가 빚을 갚는 걸 원치 않으신다는 것을 잘 알고 있지만 저로서는 가능하면 그걸 갚고 싶습니다. 그런데 이 장학금 덕분으로 빚 갚는 일이 훨씬 쉬워졌어요. 제 빚을 다 갚으려면 제 나머지 인생을 전부 소비해야 할 텐데, 이제 나머지 인생의 반만을 소비해도 충분하게 되었습니다.

제 입장을 이해해 주시고 언짢게 생각하시지 말기를 부탁드립니다. 아직 용돈은 아주 감사한 마음으로 받겠습니다. 줄리아처럼 가구도 사고 하려면 용돈이 필요합니다. 줄리아가 덜 사치스럽거나 아니면 저하고 같은 방을 쓰지 않았더라면 좋았을 텐데요.

이것은 편지다운 편지가 아니군요. 사실 저는 많은 얘기를 드리려고 했는데요. 네 개의 창문 커튼과 세 개의 문 커튼에 술을 달고(엉터리 바느질을 보시지 않아서 다행입니다.), 책상 위의 놋기구들을 치약으로 닦아 내고(매우 힘든 일입니다.), 사진틀을 걸었던 철삿줄을 손톱깎이로 자르고, 네 개의 상자 속에 든 책을 꺼내 정돈하고, 두 개의 트렁크에 들었던 옷을 챙기고(제루샤 애버트가 두 트렁크 가득히 옷을 갖고 있다는 것은 거짓말같이 느껴지지만, 그러나 엄연한 사실입니다.), 그 사이사이에는 50명에 가까운 친한 친구들에게 인사를 하기도 했습니다.

개학날은 정말 즐거운 날입니다!

아저씨, 안녕히 주무세요. 그리고 아저씨의 병아리가 혼자 힘으로 모이를 찾는다고 화내지 마십시오. 그녀는 아주 기운 찬 작은 암탉으로 성장해 가고 있습니다. 아주 또렷하게 '꼬꼬댁' 하고 울 줄도 알며, 아름다운 깃털도 많이 가진 작은 암탉으로요(다 아저씨 덕분이죠.).

애정을 다하여

주디 올림

9월 30일

친애하는 아저씨께

아저씨는 아직도 그 장학금 얘기를 하십니까? 아저씨처럼 그렇게 고집 세고, 완고하고, 비이성적이고, 불독같이 끈질기고, 남의 처지를 몰라주는 사람은 세상에서 처음 봐요. 아저씨는 저더러 알지 못하는 사람들에겐 신세를 지지 않는 것이 좋겠다고 말씀하셨죠.

알지 못하는 사람이라고요! 그러면 아저씨는 어떻죠?

아저씨보다 더 모르는 사람이 이 세상에 있을까요? 저는 거리에서 아저씨를 만난다 할지라도 알아보지 못할 거예요. 아저씨가 괴팍하지 않고 분별력이 있는 분이셨다면 그리고 이 귀여운 주디에게 유쾌하고 기운을 돋워 주는 아버지다운 편지를 보내 주셨다면, 또한 가끔 여기 오셔서 주디의 머리를 쓰다듬어 주면서 무척 착한 아이라고 말씀해 주셨다면 나이 드신 아저씨에게 건방진 말을 하지 않았을 것이며, 효녀처럼 아저씨의 어떤 뜻에도 복종했을 거예요. 주디는 효녀처럼 되려고 한답니다.

정말 아저씨를 모르겠어요! 스미스 씨, 당신은 유리로 만든 집 속에서 사십니다.

그리고 이번 일은 신세를 지는 게 아니에요. 이것은 상(賞)과 같은 거예요. 제가 열심히 노력해서 얻어진 거예요. 만약 국어 성적이 뛰어난 학생이 없다면 위원회는 그 장학금을 주지 않는대요. 그래서 몇 년 전에도 장학생을 내지 못한 일이 있었대요.

아, 그러나 남자를 상대로 논쟁을 벌인들 무슨 이득이 있겠어요? 스미스 씨, 당신은 논리의 감각이 결여된 분에 속합니다. 남자를 설득하는 방법은 단 두 가지가 있습니다. 잘 달래던가, 이쪽에서 토라지던가 하는 것입니다. 저는 저의 소원을 이루려고 남자를 달래는 것을 경멸합니다. 그러니 토라지는 방법밖에 없군요.

아저씨, 저는 장학금을 포기하는 것을 거부합니다. 그리고 만약 아저씨가 더 이상 그것에 관해 언급하신다면 매달 보내는 용돈도 받지 않겠습니다. 대신 머리 나쁜 신입생이나 개인 지도하여 신경 쇠약에나 걸릴 것입니다.

이것이 제 최후 통첩입니다! 자, 들어 보세요. 저는 많은 생각을 했습니다. 아저씨가 걱정하시는 일이 제가 이 장학금을 받게 됨으로써 다른 학생의 교육 기회가 상실된다는 것이라면 방법이 없는 게 아녜요. 제게 주실 돈을 존 그리어 고아원의 다른 소녀를 교육시키는 데 사용하실 수 있습니다. 좋은 생각이라고 생각하지 않으세요? 아저씨, 다만 얼마든지 새 소녀를 뽑아 교육시키시되 제발 저보다 더 '좋아하지는' 마세요.

아저씨의 비서가 편지에서 말한 제안들에 대해 전혀 관심을 가지지 않는다고 비서가 언짢아하지는 않으리라 생각합니다. 그러나 만약 기분 나쁘게 여겨도 어쩔 수 없어요. 비서는 떼를 쓰는 아이 같아요. 이제까지는 제가 그의 변덕에 순순히 끌려갔지만 이번에는 저도 굽히지 않을 참이에요.

영원히 결심한
제루샤 애버트 올림

11월 9일

친애하는 키다리 아저씨께

오늘은 구두약 한 통과 칼라 몇 개 그리고 새 블라우스 감과 보라색 크림 한 통, 캐스틸 비누 한 개를 사기 위해 시내로 갔습니다. 모두 절실하게 필요한 것들이에요. 이젠 이것들 없이는 하루도 살 수가 없어요. 그런데 차비를 내려고 지갑을 찾다가 그것을 다른 코트에 넣어 둔 것이 생각났어요. 그래서 내려서 다음 차를 타고 갔다 왔기 때문에 체육 시간에 지각을 해 버렸어요.

건망증에 걸린 사람이 두 개의 코트를 가진다는 것은 난처한 일이겠죠!

줄리아 펜들턴이 크리스마스 때 저를 집으로 초청했어요. 스미스 씨, 어떻게 생각하십니까? 존 그리어 고아원 출신의 제루샤 애버트가 부잣집 식탁에 앉는다는 것이 좀 어색하지 않을까요? 저는 줄리아가 저를 초청한 이유를 알 수 없어요. 요사이 그 애는 상당히 저와 가까워지려 합니다. 솔직히 말해서 제가 더 가고 싶은 곳은 샐리의 집입니다. 그러나 줄리아가 먼저 초청을 했기 때문에 제가 이번 방학에 어디를 간다면 그것은 우스터가 아니라 뉴욕이 될 것 같아요. 저는 펜들턴 일가를 한꺼번에 만나게 된다는 것이 두려워요. 그리고 저는 새 옷도 여러 벌 장만해야 하고요. 그래서 아저씨, 저는 오히려 대학 기숙사에 조용히 남아 있으라고 아저씨가 편지해 주신다면 언제나 그렇듯이 상냥하고 유순하게 복종하겠습니다.

저는 여가 시간에 『토머스 헉슬리의 생애와 편지』를 읽고 있어요. 이따금 가벼운 기분으로 읽을 수 있는 재미있는 책입니다. 시조새(始祖鳥)가 무엇인지 아세요? 이것은 새입니다. 그리고 스테레오그나투스는 무엇인지 아세요? 저도 명확히 알지는 못하지만 이것은 유인원(類人猿)과 인류 사이에 있었다고 가상하는 동물의 한 종류라고 생각해요. 마치 이빨을 가진 새나 날개가 달린 도마뱀과 같은 것 말이에요. 하지만 둘 다 아니에요. 지금 막 책을 찾아보니 그것은 중생대(中生代)에 살았던 포유류예요.

이것이 지금 남아 있는 스테레오 그나투즈의 유일한 그림입니다.

이것은 뱀 같은 머리와 개의 귀와
소의 다리, 도마뱀의 꼬리, 백조의 날개를 가졌고,
작은 고양이 같은 부드러운 털로 덮여 있답니다.

150

저는 이번 학기의 선택 과목으로 경제학을 신청했습니다. 매우 계몽
적인 학문입니다. 저는 이것을 끝낸 뒤에 자선과 사회개혁을 공부하려
합니다. 이사님, 그것까지 공부하면 고아원 운영을 어떤 식으로 해야
하는지를 알게 되겠지요. 제가 참정권을 갖는다면 훌륭한 유권자가 되
리라고 생각지 않으세요? 저는 지난주에 스물한 살이 되었어요. 저와
같이 정직하고, 학식 있고, 양심적이고, 총명한 시민에게 선거권을 주
지 않다니 이 나라는 엄청난 낭비를 하고 있는 셈입니다.

항상 아저씨의 벗인
주디 올림

12월 7일

친애하는 키다리 아저씨께

줄리아네 집 방문을 허락하신 것에 대해 인사드립니다. 아무 말씀 없
으신 것은 승낙의 의미겠지요.

요사이 우리는 사교의 회오리 속에 휘말려 있어요! 지난주에 창립 기
념 무도회가 열렸는데, 우리는 올해 처음으로 이 무도회에 참석할 수
있었어요. 상급반 학생만 허용되고 있기 때문이에요.

제가 초청한 사람은 지미 맥브라이드였고, 샐리는 오빠의 프린스턴
대학 친구로 지난 여름 샐리네 캠프에서 지낸 빨간 머리의 멋쟁이 청년
을 초청했어요. 줄리아는 뉴욕에서 한 남자를 초청했는데, 줄리아가 초

청한 남자는 사교적으로는 흠잡을 데가 없었으나 그렇게 대단한 편은 아니며, 데 라 메이터 치체스터 집안과 친척 관계가 된대요. 이렇게 말하면 아저씨께서는 좀 아실 만하세요? 저는 도대체 뭐가 뭔지 전혀 알 수가 없어요.

하여튼 우리의 손님들은 금요일 오후 4학년생들의 강의실 복도에서 열린 티 파티에 참석하기에 알맞은 시간에 왔어요. 티 파티가 끝나자 모두들 저녁을 먹으러 호텔로 급히 갔지요. 호텔은 당구대 위에서 열을 지어 잘 정도로 초만원이었어요. 지미 맥브라이드는 다음 번에 이 대학의 사교 모임에 오게 될 경우에는 교정에다 애디론댁 산맥에서처럼 텐트를 치겠다고 말했습니다.

7시 반에 우리들은 학장이 베푸는 환영회와 무도회에 참석하기 위해 다시 대학으로 돌아왔습니다. 우리 대학의 파티는 일찍 시작해요! 우리는 미리 남자들의 이름을 알아두고 춤이 끝날 때마다 남자 파트너를 그들의 이름을 대표하는 첫 글자로 표시된 곳에 모이게 합니다. 이렇게 하면 다음 여자 파트너가 그들을 용이하게 찾아볼 수 있습니다. 예를 들면, 지미 맥브라이드는 춤 요청을 받을 때까지 'M' 자로 표시된 곳에서 꼭 기다려야 했습니다(적어도 그는 참고 기다리고 있어야 하는데 자꾸 돌아다니면서 'R' 자나 'S' 자 또는 다른 글자의 그룹에 끼어들었습니다.). 그는 손쉽게 다룰 수 있는 손님은 아니었어요. 저하고 세 번밖에 춤을 추지 못했다고 불평을 하더군요. 그는 모르는 여자와 춤을 추면 쑥스럽대요!

다음날 오전에는 합창단의 공연이 있었어요. 그런데 이 행사를 위해 새로 작곡한 재미있는 노랫말을 누가 지었는지 아세요? 바로 저예요. 이것은 사실입니다. 아저씨, 아저씨의 작은 고아는 점점 아주 유명한 사람이 되고 있어요!

하여간 우리 여학생들은 이틀 동안 아주 재미있게 지냈어요. 남자들도 마찬가지였을 거예요. 어떤 남자들은 1천 명의 여학생과 만난다는 것에 대해 몹시 불안해했으나 금세 익숙해졌어요. 우리가 초대한 두 프린스턴 대학생들도 재미있게 지냈어요. 적어도 그렇다고 그들은 말했지요. 그리고 그들은 내년 봄에 있을 그들의 무도회에 우리를 초청했어요. 우리는 승낙했어요. 아저씨, 그러니까 반대하지 마세요.

줄리아와 샐리 그리고 저도 모두 새 옷을 장만했습니다. 그 옷 얘기를 들으시겠습니까? 줄리아의 옷은 크림빛 새틴에 금실로 수를 놓은 것인데, 그 애는 가슴에 자주색 난초를 달았어요. 이 옷은 마치 '꿈'처럼 아름다운 옷으로 파리에서 주문했다는데 백만 달러나 들었대요. 샐리의 옷은 페르시아 수로 장식된 연한 하늘색인데 그 애의 빨간 머리와 잘 어울렸어요. 이 옷은 백만 달러짜리는 아니었지만 줄리아의 옷에 비해 손색이 없었어요.

제 옷은 연분홍빛이 도는 비단에 자색 레이스와 장밋빛 새틴으로 장식한 드레스입니다. 저는 거기에 지미 맥브라이드가 보내 준 진홍색 장미를 달았어요(샐리가 미리 그에게 어떤 빛깔의 꽃이 어울릴지 지시해 주었죠.). 그리고 우리 셋은 모두 옷에 어울리게 시폰 스카프를 두르고 새틴 무도화와 명주 양말을 신었어요. 이렇게 많은 여자 장신구의 종류에 대해 아저씨는 분명히 놀라셨을 거예요.

아저씨, 남자들한테는 시폰이니 베네치아 레이스니 수예니 크로세 뜨개질이니 하는 말들이 아주 무의미하게 들릴 것을 생각해 보면 남자의 생활이란 얼마나 따분할까 하고 생각하지 않을 수 없군요. 반면에 여자는—아이나 남편에 관심이 있든 시나 미생물, 아니면 하인이나 평행사변형이나 정원이나 플라토 또는 브리지(plato or bridge ; 카드놀이의 일종)에 관심이 있어도—본질적인 관심의 대상은 늘 옷입니다.

이 인간 공통의 감정 때문에 전 세계 사람이 하나가 될 수 있는 거예요(이것은 제가 지어낸 말이 아니라 셰익스피어의 작품 중에서 인용한 것입니다.). 그건 그렇고 다시 계속하겠어요. 제가 최근에 발견한 비밀을 듣고 싶지 않으세요? 그리고 제가 허영심으로 가득 찬 여자라고 생각지 않겠다고 약속하시겠어요? 그러면 들어 보세요.

저는 예뻐요.

저는 정말 예쁩니다. 제 방에 거울을 세 개나 걸어 놓고도 제가 예쁜 것을 깨닫지 못했다니 저도 상당히 멍청한가 봐요.

한 친구로부터

추신

이것은 소설에서 볼 수 있는 것과 같은 사악한 익명의 편지예요.

12월 20일

친애하는 키다리 아저씨께

　시간이 얼마 없습니다. 저는 두 시간의 수업을 마친 후 트렁크 한 개와 옷가방 한 개를 꾸려서 4시 기차를 타야 하거든요. 그러나 보내 주신 크리스마스 선물이 저를 얼마나 기쁘게 했는지를 알려 드리지 않고 떠날 수는 없습니다.

　모피 외투와 목걸이, 리버티 스카프, 장갑, 손수건, 책, 지갑 등 보내 주신 것 어느 하나 마음에 들지 않는 것이 없어요. 그러나 가장 마음에 드는 것은 역시 아저씨예요! 그러나 아저씨, 저를 이렇게 허영에 들뜨게 해서는 안 되실 텐데요. 저도 인간입니다. 더구나 나이 어린 소녀고요. 아저씨가 이렇게 경박하고 세속적인 것으로 저를 탈선시키시면 제가 어떻게 탐구적인 생활에 제 마음을 굳세게 묶어 둘 수 있겠어요?

　이제 존 그리어 고아원의 어느 이사님이 크리스마스트리와 일요일에 아이스크림을 주었는지 짐작이 갑니다. 그분의 이름은 알 수 없지만 그분이 베푸는 선행으로 그분을 알 수 있어요! 아저씨는 그렇게 많은 선행을 하셨으니 큰 축복이 있을 거예요.

　안녕히 계세요. 그리고 아주 즐거운 크리스마스를 보내세요.

항상 아저씨의 벗인

주디 올림

저는 답례로 작은 기념품을 보냅니다. 아저씨는 주디를 알았다면 그녀를 좋아할 거라고 생각하세요?

1월 11일

아저씨, 뉴욕에서 편지를 하려고 했으나 뉴욕이란 도시는 사람의 마음을 너무도 사로잡는군요.

저는 재미나고 유익한 시간을 보냈지만, 그러나 제가 그런 집안에 태어나지 않았다는 것에 행복을 느낍니다! 저는 차라리 존 그리어 고아원 출신이 더 나으리라고 생각해요. 저의 성장 과정에 많은 결함이 있다 하더라도 거기에 허세는 전혀 없습니다. 저는 이제 사람들이 물질의 노예가 된다고 말하는 뜻을 알겠어요. 그 집의 물질적 분위기는 사람을 압도하는 그런 것이었습니다. 저는 돌아오는 급행 열차를 탄 후에야 비로소 안도의 숨을 내쉬었어요. 모든 가구는 조각을 한 것이며 화려한 장식으로 꾸며졌어요. 제가 만난 사람들은 아름다운 옷을 입고 조용하게 말하며 교양이 있었습니다. 그러나 아저씨, 제가 그곳에 도착해서부터 떠날 때까지 진실한 얘기는 한마디도 들어보지 못했어요. 이것은 정말입니다. 사상 같은 것은 그 집 문 안으로 하나도 들어가지 않았나 봐요.

펜들턴 부인은 그저 보석과 재봉사와 사교 약속만을 생각하나 봐요.

줄리아의 어머니는 맥브라이드 부인과는 완전히 다른 부류의 어머니 예요! 만약 제가 결혼하여 가정을 이루게 된다면 가능한 한 맥브라이드 네처럼 되게 할 생각입니다. 저는 억만장자가 된다 해도 제 아이들은 펜들턴네 아이들처럼 기르지는 않겠어요. 남의 집에 초대되어 갔다 와서 그 집 사람들을 흉보는 것은 실례가 되는 일이지요. 만약 예의에 어긋난다면 용서해 주세요. 이 얘기는 아저씨와 저만의 비밀로 해요.

저비 도련님은 차 마시는 시간에 꼭 한 번 만나 뵙고 단둘이서 얘기할 기회는 갖지 못했어요. 지난 여름에는 정말 재미있게 지냈는데, 이번에는 좀 상심했어요. 제가 보기에 그분은 친척에 별 관심이 없나 봐요. 그리고 그 친척들도 그분에게 별 관심이 없는 것이 확실해요! 줄리아 어머니는 그분이 좀 돌았다고 말해요.

그분은 사회주의자입니다. 다행히도 머리를 기르거나 붉은 넥타이를 맨다거나 하는 일들은 없지만. 부인은 그분이 어떻게 그런 괴상한 사상을 갖게 되었는지 모르겠대요. 그 집안은 대대로 영국 교회 신도인데요, 그분은 요트나 자동차나 폴로(polo ; 옛 영국 귀족들이 말을 타고 하던 공치기)나 말에 돈을 쓰지 않고 개혁이니 뭐니 하는 것에 돈을 뿌린대요. 그러나 그분은 사탕 사는 데도 돈을 쓰시는 걸요. 그분이 줄리아와 저에게 사탕 한 상자씩을 크리스마스 선물로 보내 주셨어요.

저도 사회주의자가 되려고 생각합니다. 아저씨, 괜찮겠지요? 사회주의자는 무정부주의자와는 다르다고 생각해요. 사회주의자들은 폭탄을 던지지는 않아요. 저는 사회주의자가 될 권리가 있다고 생각해요. 저는 프롤레타리아니까요. 그렇지만 저는 아직까지 어떤 종류의 이념을 가질 것인가는 결정짓지 않았어요. 일요일 하루 종일 이 문제를 면밀히 검토한 후 다음 편지에서 제 노선을 선언하겠습니다.

저는 뉴욕에서 많은 극장이며 호텔이며 아름다운 저택들을 보았습니다. 지금 제 마음은 황금빛으로 칠해진 마룻바닥이니 종려나무니 하는 것들로 크게 혼란스럽습니다.

아직도 흥분이 가시지는 않았지만 학교에 다시 돌아와 책을 대하니 참 기쁩니다.

저는 정말 학생인가 봐요. 이 학교의 조용한 분위기가 뉴욕보다 훨씬 더 좋은 걸요. 대학 생활은 저에게 너무나 큰 만족을 줍니다. 책과 공부 및 강의들이 학생들에게 생명력을 갖게 하고, 학생들의 정신이 피곤해지면 체육관이나 운동장에 나가 운동을 할 수 있습니다. 또한 비슷한 생각을 가진 마음 맞는 친구들이 있어 어느 때나 대화를 나눌 수가 있지요. 우리는 저녁 내내 이야기꽃을 피우다가 마치 우리가 긴박한 세계 문제들을 완전히 해결했다는 듯이 매우 의기양양한 기분을 느끼며 잠자리에 듭니다. 또한 짬이 날 때마다 사소한 얘기들을 지껄여 댑니다. 이것은 그저 그때그때 생각나는 하찮은 일들에 관한 우스갯소리들입니다만, 우리는 매우 즐겁습니다. 우리는 우리들의 재담에 스스로 감탄하고 있습니다

무엇보다도 중요한 것은 커다란 기쁨들이 아니라 작은 기쁨들에서 큰 기쁨을 만들어 내는 것입니다. 아저씨, 저는 행복의 비결이 무엇인지 압니다. 그것은 '현재'에 만족하는 거예요. 그것은 과거를 영원히 후회하거나 미래를 막연히 기대하는 것이 아니라 바로 이 순간에서 가

능한 한 최대의 것을 얻는 것입니다. 그것은 농업과 같습니다. 농업에는 많이 경작하는 것에 중점을 둔 조방(粗放) 농업과 작은 면적에서 알차게 생산하려는 집약(集約) 농업이 있는데, 저는 알차게 사는 후자 쪽의 생활을 하려고 해요.

저는 모든 순간을 즐기려고 하며 그리고 그 즐기고 있다는 것을 마음으로 느끼려 해요. 많은 사람들은 사는 것이 아니라 단지 경주를 할 따름이에요. 그들은 지평선 저 멀리에 있는 어떤 목표에 도달하려고 하며, 그곳으로 달려가는 동안 너무나 숨이 차서 그들이 지나쳐 버리는 아름답고 조용한 시골 풍경을 감상하지 못해요. 그러다가 그들이 정신을 차렸을 때 이미 늙고 지쳐 버렸다는 사실과 이제 그들이 목표에 도달하든 못하든 그것은 중요한 것이 아니라는 것입니다. 저는 위대한 작가가 못된다 하더라도 길가에 앉아서 작은 행복들을 많이 음미하기로 마음먹었습니다. 제가 이런 여자 철학가가 된 것을 모르셨지요?

항상 아저씨의 벗인
주디 올림

추신

오늘 밤 장대비가 퍼붓고 있습니다. 강아지 두 마리와 고양이 새끼한 마리가 지금 막 창문턱에 올라왔습니다.

친애하는 동지여!
만세! 저도 드디어 페이비언(fabian)입니다.

그것은 점진적 사회주의자를 말합니다. 우리는 내일 당장 이 사회가 개혁되는 것을 바라지 않습니다. 그것은 혼란을 야기할 뿐입니다. 사회개혁이 우리 모두의 준비가 충분해진 먼 미래에 조금씩 이루어지기를 원합니다. 그때까지 우리는 산업, 교육 그리고 고아원 등 여러 분야에서 개혁을 추진함으로써 준비를 해야만 합니다.

월요일 셋째 시간에 동지애를 가지고
주디 올림

2월 11일

아저씨께

이 짧은 편지에 대해 기분 나쁘게 생각하지 마세요. 이것은 편지가 아니라, 곧 시험이 끝나는 대로 편지를 쓰겠음을 알리는 간단한 통지입니다. 시험을 그저 치르는 것이 아니라 우수한 성적을 내야겠습니다. 장학생답게 말입니다.

열심히 공부하는
J. A 올림

3월 5일

친애하는 키다리 아저씨께

오늘 저녁엔 현대 청년의 경박성과 천박성에 관한 카일러 학장님의 연설이 있었습니다. 학장님은 예전부터 내려오던 이상인 진지한 노력과 진정한 학구적인 태도가 우리에겐 상실되어 있다고 지적하며, 또한 이러한 기풍의 쇠퇴는 기존 권위에 대한 불손한 태도에서 뚜렷이 나타난다고 연설했습니다. 젊은이들이 이제 윗사람에게 존경의 표시를 나타내지 않는다는 것입니다.

저는 상당히 심각해져서 교회를 나왔습니다.

아저씨, 전 버릇이 없는 아이입니까? 저도 아저씨에게 더 정중하고 예절을 갖추어 대해야 합니까? 네, 물론 그것이 옳은 일이겠지요. 편지를 다시 쓰겠습니다.

스미스 씨 귀하

저는 1학기말 시험에 우수한 성적을 받았고, 이제 새 학기의 공부를 시작했다는 기쁜 소식을 알려 드립니다. 화학은 정성분석(定性分析)까지 마쳤으며, 이제 새로 생물학을 공부합니다. 이 시간에는 지렁이와 개구리를 해부한다는 얘기를 들었기 때문에 이 과목 선택을 좀 주저했습니다.

지난주 성경 시간에는 남부 프랑스에 있는 로마 사람들의 유적에 관해 아주 흥미진진하고 가치 있는 강의를 들었습니다. 이 문제에 관해서 이렇게 분명한 설명은 처음 들었습니다.

워즈워스가 쓴 『틴틴 수도원』을 국문학 강좌의 부교재로 읽고있습니다. 이것은 무척 정교한 작품이며 범신론(汎神論)에 대한 그의 생각을 매우 적절히 표현했습니다. 셸리, 바이런, 키츠, 워즈워스와 같은 시인의 작품으로 대표되는 19세기 초기의 낭만주의 운동이 저에게는 그 이전의 고전주의 운동보다 훨씬 더 공감이 갑니다. 시 얘기가 나왔으니까 여쭈어 보겠는데요, 이른바 「록슬리 홀」이라는 테니슨의 매력적인 소품을 읽으신 적이 있으세요?

저는 최근 체육 시간에 결강하지 않고 있습니다. 학생 감사 제도가 개정되어 규칙을 어기면 많은 불이익을 당하게 됩니다. 체육관에는 시멘트와 대리석으로 만든 아주 아름다운 수영장이 설치되어 있습니다. 이것은 졸업생이 기증한 것입니다. 저와 같은 방을 쓰는 셸리가 자신의 수영복을 저에게 주었습니다(너무 꼭 끼어 그 애는 더 입을 수 없게 되었답니다.). 저도 수영 강습을 받을 작정입니다.

어젯밤에는 디저트로 맛있는 핑크색 아이스크림을 먹었습니다. 음식물을 착색하는 데에는 식물성 염료만이 사용됩니다. 대학 당국은 심미적 및 위생적 이유로 인해 아닐린 염료의 사용을 절대 반대합니다.

최근 날씨가 이상적입니다. 햇살이 화창하게 비추고 있고, 가끔 구름이 끼어 기분 좋은 눈보라를 날려 줍니다. 저와 저의 친구들은 기숙사와 강의실 사이의 산책을 즐기고 있습니다. 특히 강의실에서 기숙사로 돌아올 때의 산책은 즐겁습니다.

친애하는 스미스 씨, 몸 건강하시길 바랍니다.

제루샤 애버트 올림

4월 24일

아저씨께

다시 봄이 왔습니다! 캠퍼스가 얼마나 아름다운지 아저씨도 오셔서
보셨으면 좋겠어요.

저비 도련님은 지난 금요일 또 들르셨어요. 그런데 그분은 아주 좋지 않은 때에 오셨어요. 왜냐하면 샐리와 줄리아 그리고 제가 기차를 타러 가기 위해 막 나가려던 참이었거든요. 그런데 우리가 가려 한 곳이 어디인 줄 아세요? 괜찮으시다면 말씀드리죠. 우리는 무도회 참석과 야구시합 구경을 위해 프린스턴 대학으로 가려던 참이었어요. 제가 아저씨의 의향을 묻지 않은 것은 틀림없이 비서가 안 된다고 말할 것 같았기 때문이에요. 그러나 아주 모범적이었어요. 우리는 학교 당국에서 외출 허가를 받았고, 또한 맥브라이드 부인이 동행했어요. 우리는 아주 즐거웠어요. 그러나 재미있는 일이 너무나 많고 복잡해서 상세히 얘기해 드릴 수가 없군요.

토요일

동이 트기도 전에 일어났어요! 야간 경비원이 우리 여섯 명을 깨워 주었습니다. 우리는 일어나자마자 서둘러 커피를 끓여 마시고(찌꺼기가 너무 많았어요!) 일출 광경을 보기 위해 외나무 언덕 꼭대기까지 2마일을 걸어갔어요. 마지막 비탈에선 기어갈 수밖에 없었어요! 조금만 늦었더라도 일출을 놓칠 뻔했어요. 우리가 아침 먹으러 돌아왔을 때 밥맛이 없었을 거라고 생각지 않으시겠죠!

그런데 아저씨, 오늘 제 편지는 감탄문의 연발이지요? 이 편지에는 감탄 부호가 많이 뿌려져 있군요.

저는 오늘 움이 트는 나무, 운동장에 석탄재를 깔아 만든 새 경주로, 생물 시간에 있었던 무서운 일, 호수에 띄워 놓은 새 카누, 캐서린 프렌티스가 폐렴에 걸린 일, 프렌티스의 앙고라 고양이 새끼가 집을 잃어 2주 동안이나 퍼거슨 기숙사 안에서 살다가 하녀한테 발견된 얘기, 제가 새로 장만한 세 벌의 옷—흰색과 분홍색 그리고 하늘색 물방울 무늬가 있는 옷인데 이것에 어울리는 모자도 있어요—등에 관해 길게 쓰려고 했는데 너무 졸려요. 제 핑계는 언제나 졸립다는 거군요, 그렇죠? 그러나 여자 대학은 너무나 바쁜 곳이어서 일과가 끝날 때면 너무 피곤하답니다. 꼭두새벽에 일어났을 때는 특히 더하지요.

사랑을 보내면서
주디 올림

이것은 프렌티스의 고양이 새끼입니다.
이 그림을 보면
어떤 앙고라인지 아실 거예요.

5월 15일

친애하는 키다리 아저씨

전차를 탔을 때 앞만 보고 주위 사람을 보지 않는 것은 좋은 태도입니까?

오늘 매우 우아한 벨벳 옷을 입은 아름다운 아가씨가 전차에 탔는데, 15분 동안 무표정하게 양복 바지 멜빵을 선전하는 광고만을 보고 있었습니다. 마치 그 자리에서 혼자만이 중요한 사람인 듯 모든 사람을 무시하는 태도는 예절에 어긋난다고 생각해요. 하여간 그렇게 하면 많은 것을 놓치게 됩니다. 그 여자가 하찮은 광고만 쳐다보고 있을 때 저는 전차 안에 꽉 찬 모든 사람들을 흥미 있게 관찰하고 있었어요.

동봉한 그림은 처음으로 공개하는 것입니다. 이것은 거미를 실로 매단 것같이 보이시겠지만 전혀 그렇지 않습니다. 이것은 제가 체육관 수영장에서 수영을 배우고 있는 그림입니다.

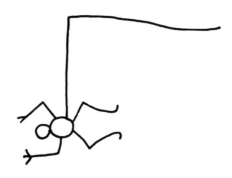

수영 교사가 제 벨트의 뒤쪽에 붙은 고리에 밧줄을 걸고 그 밧줄을 천장에 단 도르래를 통해서 잡아당깁니다. 만약 교사를 굳게 믿고 있다면 이것은 멋진 방법이 될 것입니다. 그러나 저는 늘 교사가 줄을 놓아 버리지 않을까 두려워서 한 눈으로는 걱정스럽게 교사를 보고 다른 한 눈으로는 수영을 합니다. 수영 실력이 늘지 않는 이유가 바로 여기에 있나 봐요. 만약 그렇지 않았더라면 수영 실력이 늘었을 텐데요.

요즘 날씨는 아주 변덕이 심해요. 제가 편지를 쓰기 시작했을 때는 비가 왔는데 지금은 해가 나왔어요. 샐리와 저는 테니스하러 나갈 참이에요. 그렇게 하면 체육관에는 가지 않아도 돼요.

일주일 후

이 편지를 이미 끝냈어야 했는데, 아직 끝내지 못했군요. 아저씨, 제가 아주 규칙적으로 편지를 쓰지 않는다고 화를 내시지는 않겠지요. 안 그래요? 아저씨께 편지 쓰는 것을 정말 좋아해요. 그것은 저에게 가족이 있다는 것을 자랑하고 싶은 느낌을 갖게 해 주니까요. 어떤 얘길 해 드릴까요?

제가 편지를 쓰는 남자는 아저씨 외에도 두 남자가 더 있어요! 올 겨울부터 저비 도련님한테서 아름답고 긴 편지들을 받고 있어요(제 주소를 타이프로 치기 때문에 줄리아가 글씨를 알아볼 수 없지요.). 참 놀라운 얘기죠?

또한 거의 매주 노란 편지지에 줄줄 갈겨쓴 편지가 프린스턴에서 옵니다. 저는 이 편지들에게 사무적으로 신속히 회답해 줍니다. 그러니까 아셨죠, 제가 다른 여학생들과 별다를 바가 없다는 걸요. 저도 편지를 받으니까요.

제가 졸업반 연극부원으로 선출되었다는 얘기를 드렸던가요? 매우 우수한 학생들의 그룹이에요. 1천 명 중에서 겨우 75명이 뽑혔으니까요. 아저씨는 철저한 사회주의자로서 이 일을 어떻게 생각하세요?

제가 현재 사회학의 어느 부문을 공부하고 있는지 아시겠어요?(알아맞혀 보세요.) 저는 지금 무의탁 아동 보호에 대한 논문을 쓰고 있습니다. 교수님은 여러 가지 제목을 정하여 무작위로 나누어 주셨는데, 그 제목이 저에게 떨어졌어요. 참 우습지요?

종소리가 저녁 식사 시간이란 걸 알립니다. 식당으로 가는 도중에 이것을 우체통에 넣겠어요.

사랑을 다하여
J 올림

6월 4일

아저씨께

너무 바쁘군요. 졸업식이 열흘 후에 있고, 내일은 시험이 있어요. 공부할 것도 많고, 짐 꾸릴 것도 많고, 바깥 세계는 너무나 아름다운데 방에만 있어야 하는 것이 괴롭습니다.

그러나 괜찮아요. 방학이 곧 시작되니까요.

줄리아는 이번 여름 방학에 해외 여행을 한대요. 이번이 네 번째 해외 여행이래요. 아저씨, 재산은 균등하게 분배되지 않는 법이에요. 그렇죠? 샐리는 전과 같이 애디론댁 산맥으로 가요.

그러면 저는 어디로 가겠어요?

아저씨는 세 가지를 생각하실 거예요. 록 윌로 농장이냐고요? 아니에요. 샐리와 함께 애디론댁 산맥으로 간다고요? 틀렸어요(저는 두 번 다시 거기에 갈 생각이 없어요. 작년에 거절당했으니까요.). 다른 것은 짐작하실 수 없겠습니까? 그러면 머리가 썩 좋은 편은 아니시군요.

아저씨, 여러 가지 반대하시는 말씀을 하지 않겠다는 전제하에 말씀드리겠어요. 저는 아저씨의 비서에게 제 마음은 이미 확고부동하다고 미리 경고하겠습니다.

저는 올 여름, 해변가의 찰스 패터슨 부인 별장에 가서 올 가을 대학에 입학하려는 부인의 딸에게 개인 교습을 할 예정입니다.

맥브라이드네를 통해 그 부인을 알게 되었는데 아주 좋은 부인입니다. 전 그 부인의 둘째 딸에게도 국어와 라틴어 공부를 가르치지만 약간은 자유로운 시간을 가질 수 있게 되고, 무엇보다 한 달에 50달러를 벌게 됩니다! 아저씨는 그 돈이 엄청난 액수라고 생각지 않으세요? 전 25달러 이상 달라고 요구할 생각은 없었는데, 부인이 그만큼 주겠대요.

저는 9월 1일 매그놀리아(그 부인의 집이 있는 곳)로 떠나게 되므로 나머지 3주일간은 록 윌로 농장에서 지낼까도 생각해요. 저는 샘플 씨

네 가족과 그곳의 모든 동물 친구들이 그립답니다.

아저씨, 제 계획을 어떻게 생각하세요? 이제 저는 상당히 독립했지요. 아저씨가 저를 서게 해 주셔서 이제 저는 혼자서 걸음마를 할 수 있다고 생각해요.

아주 공교롭게도 프린스턴 대학의 졸업식과 우리 대학의 시험이 꼭같은 날이었습니다. 샐리와 저는 프린스턴의 졸업식에 무척 가고 싶어했으나 영원히 불가능해졌습니다.

아저씨, 안녕. 여름은 즐겁게 보내시고, 또 한 해를 열심히 일할 수 있도록 쉬셨다가 가을에 다시 오세요(이것은 아저씨가 저한테 들려 주셔야 할 말씀이지요.). 아저씨는 어떤 식으로 여름을 보내시는지, 또 아저씨의 관심의 대상은 무엇인지 저는 전혀 짐작도 못하겠어요. 저는 아저씨의 환경을 상상할 수조차 없습니다.

아저씨는 골프를 치십니까? 아니면 사냥을 하시거나 말을 타십니까? 그도 아니면 그저 햇볕에 앉아 사색하십니까?

하여튼 어떻게 보내시든 간에 즐겁게 보내시고 주디를 잊지 마세요.

6월 10일

아저씨께

저는 지금 가장 쓰기 어려운 편지를 쓰고 있습니다. 그러나 저는 분명히 결심했으므로 번복하는 일은 있을 수 없습니다. 이번 여름에 저를 유럽 여행에 보내 주고 싶으시다니 너무나 고맙고 너그럽고 솔깃했어요. 한순간 유럽 여행의 환상 속에 빠져 있었어요. 그러나 다시 냉정히 생각하여 그 제의를 거절하기로 마음을 굳혔어요. 아저씨로부터 학비를 받는 것을 거절한 뒤에 그저 놀기 위해 아저씨 돈을 쓴다는 것은 이치에 맞지 않을 것입니다! 이것은 저를 지나치게 사치에 익숙하도록 만드는 것입니다! 사람은 한 번도 가져 보지 않은 것은 갖고 싶어하지 않지만, 기본 권리로서 어떤 것을 그의 것 혹은 그녀의 것(양어는 양성(兩性)을 모두 나타낼 수 있는 대명사가 필요합니다.)이라고 생각하고 난 이후에 그것 없이 지내기는 너무 견디기 힘든 법입니다.

샐리와 줄리아와 함께 사는 것은 금욕적인 철학을 갖고 있는 저에게는 매우 커다란 시련입니다. 이 애들은 어릴 때부터 대부분의 것을 소유하며 자랐습니다. 그들에게 있어 행복은 당연한 것이고, 그들은 그들이 원하는 모든 것을 세상이 그들에게 줄 의무가 있다고 생각합니다. 그럴지도 모르지요. 하여간 세상은 그들에게 진 빚을 갚고 있는 듯싶습니다. 그러나 저의 경우, 세상은 저에게 빚진 것이 없고 처음부터 그렇다는 것을 저는 분명히 알고 있습니다. 저는 신용 대부를 받을 권리가 없습니다. 왜냐하면 언젠가는 세상이 저의 요구를 거절할 날이 올 테니까요.

저는 은유(隱喩)의 바다에서 허우적대고 있는 것 같습니다. 아저씨께서 저의 의도를 알아 주시기 바랍니다. 하여간 저로서는 올 여름 방학에 가정교사 노릇을 하여 제 생활비를 버는 것이 제가 할 수 있는 유일한 올바른 일이라고 확신하고 있습니다.

매그놀리아에서 나흘 후에

바로 여기까지 썼을 때, 무슨 일이 생겼는지 아세요? 하녀가 저비 도련님의 명함을 가지고 왔습니다. 그러면서 그분이 그분도 올 여름에 해외 여행을 하신대요. 줄리아와 그 애네 가족과 함께 가는 것이 아니라 그분 혼자서 가신대요. 그리고 그분은 아저씨가 저에게 가정교사 일을 하러 가는 댁의 부인과 함께 유럽 여행을 다녀올 수 있도록 주선하셨다고 말했습니다. 그분이 아저씨를 알고 계신대요. 그래서 제 양친이 돌아가시고 친절한 신사 분이 저를 대학에 보내 주신다는 것도 알아요. 저는 그분에게 존 그리어 고아원 출신이란 것과 다른 비밀 이야기를 할 용기가 없어요. 그분은 아저씨가 합법적인 저의 후견인이며 우리 집안의 오래된 친구인 줄로 알고 있습니다. 저는 그분한테 아저씨를 모르는 분이라고 말하지 않았습니다. 그렇게 말하는 것보다 더 이상한 일은 없을 테니까요!

하여간 저비 도련님은 저의 유럽 여행을 고집했습니다. 그분은 그것이 저의 교육상 반드시 필요하다고 말했으며, 제가 거절해서는 안 된다고 말했습니다. 또한 그분도 같은 시간에 파리에 있게 될 것이므로, 때때로 패터슨 부인으로부터 몰래 빠져나와 멋있고 색다른 외국 식당에서 식사를 함께 하자고 말했습니다.

아저씨, 이 제안은 정말 제 결심을 크게 흔들었습니다! 저는 거의 허락할 뻔했어요. 만약 그분이 지나치게 독재적으로 나오시지만 않았다면, 저는 완전히 넘어갔을지도 모릅니다. 저는 한 걸음 한 걸음 꼬임에

172

끌려 들어갈 수는 있지만 억지로 강요하는 것은 '죽어도 싫어요'. 그분은 저를 아둔하고 멍청하고 비합리적이며, 돈키호테 같고 백치 같고 고집불통(이것은 그분이 욕할 때 쓴 형용사 중 일부입니다. 나머지는 무엇인지 잊어버렸어요.)의 아가씨라고 말했습니다. 또한 저는 어느 것이 유익한지 판단하지 못한다고 비난하더군요. 나이 드신 분에게 판단을 내리게 해야겠어요. 우리는 거의 말다툼을 했습니다. 아니, 진짜 말다툼을 했어요.

하여간 저는 짐을 꾸려서 이곳에 와 버렸어요. 저는 이 편지를 끝내기 전에 근처에 있는 다리들이 전소되어 다시 돌아갈 수 없게 되기를 바랐어요. 이제 완전히 타 버려 남은 것은 재밖에 없습니다. 저는 이곳 클리프 탑(패터슨 부인의 별장 이름)에 여장을 풀고 벌써 플로렌스를 가르치고 있습니다. 그 애는 제1격 명사의 변화와 싸우고 있습니다. 고생을 좀 해야 될 것 같습니다! 그 애는 응석받이로 자란 애 중에서도 아주 드물게 보이는 애입니다. 그 애에게 어떤 식으로 공부를 해야 하는가부터 가르쳐야겠습니다. 그 애는 아이스크림이나 소다수를 먹는 것보다 조금이라도 더 힘든 것에는 이제까지 한 번도 열심히 하려 했던 적이 없는 것 같습니다.

우리의 공부방은 절벽 구석 쪽입니다. 패터슨 부인은 제가 딸들을 데리고 옥외로 나가기를 바라고 있습니다. 제 눈앞에 푸른 바다가 넘실거리고 그 위에 배들이 지나가기 때문에 열중하기 힘든 것은 오히려 제쪽입니다. 더구나 저도 배를 타고 해외로 가고 있었을지도 모른다고 생각하니까 더 그렇습니다. 그러나 저는 라틴어 문법만을 생각하렵니다.

전치사 a나 ab, absque, coram, cum, de, e나 ex, prae, pro, sine, tenus, in, subter, sub, super 등은 탈격(奪格)을 지배한다.

아저씨, 그러니까 제가 제 눈에 들어오는 유혹에 빠져들지 않고 일을 열심히 하고 있음을 보실 수 있겠지요. 제발 저에게 화를 내지 마세요. 그리고 제가 아저씨의 은혜에 감사하지 않는다고 생각하지 마세요. 저는 항상, 항상 감사드리고 있으니까요.

제가 아저씨의 은혜에 보답할 수 있는 유일한 길은 저 자신이 '매우 쓸모 있는 시민'이 되는 것입니다(여자도 시민입니까? 그렇지 않은 것 같아요.). 어찌 됐든 저는 '매우 쓸모 있는 사람'이 되겠습니다. 그러면 아저씨는 저를 바라보면서 "내가 매우 쓸모 있는 사람을 세상에 길렀군." 하고 말하실 수 있을 거예요.

아저씨, 정말 멋진 말이죠? 그러나 저는 아저씨를 속이고 싶지 않아요. 제가 전혀 뛰어난 사람이 아니라는 불안감으로 가끔 시달립니다. 인생에 대해 설계한다는 것은 재미있지만 제가 다른 비범한 사람이 될 가능성은 희박해요. 저는 한 기업가에게 시집가서 그를 내조하는 일에 만족하게 될지도 몰라요.

항상 아저씨의 벗인
주디 올림

8월 19일

친애하는 키다리 아저씨께

창밖의 풍경은 정말 아름답습니다. 오히려 바다 풍경이라고 말해야 겠는데요. 바닷물과 바위뿐이니까요.

여름이 거의 다 가고 있습니다. 오전에는 머리 나쁜 두 소녀들에게 라틴어와 국어 그리고 기하를 가르칩니다. 매리언은 대학에 들어가게 될지 확신할 수 없고, 또한 그 애가 들어간다 하더라도 대학에서 견뎌 낼 것인지 의문입니다. 그리고 플로렌스는 가망이 없어요. 하지만 그 애는 너무 예쁘게 생겼어요!

여자애들은 예쁘기만 하면 머리가 좋든 나쁘든 문제가 될 건 없다고 생각해요. 그러나 그들의 대화에 남편들은 얼마나 싫증을 낼까 하고 생 각하지 않을 수 없어요. 물론 운 좋게 머리 나쁜 남편을 만나면 괜찮겠 지만 말이에요. 제 생각에는 그렇게 될 게 십중팔구일 것 같아요. 세상 은 돌대가리 남자들로 차 있으니까요. 저도 올 여름에 많이 만나 보았 어요.

오후에는 절벽 위를 산책하거나 물결이 잔잔할 땐 수영을 한답니다. 저는 소금물에서는 아주 쉽게 수영을 할 수 있습니다. 아저씨, 저는 벌 써 교육받은 것을 써먹고 있어요.

저비스 펜들턴 씨의 편지가 파리로부터 도착했어요. 짧고 간결한 편 지예요. 제가 그분의 충고를 따르지 않은 것을 아직도 언짢게 여기고 계세요. 그러나 만약 그분이 시간에 맞게 오신다면, 우리 대학이 개학

하기 전에 록 윌로 농장에 며칠 와서 저를 만나 주신다면 그리고 제게 아주 친절하고 유순하게 대해 주신다면, 저는 다시 그분과 친해질 수 있겠죠(편지를 보니까 자꾸 이렇게 생각되는데요.).

샐리한테서도 편지가 왔습니다. 그 애는 저에게 9월 2주일 동안 자기네 캠프장으로 와 주었으면 좋겠다고 말했어요.

제가 또 아저씨의 승낙을 받아야 되나요? 아직 제가 가고 싶은 곳을 제 마음대로 갈 수 있는 처지가 아니라고 생각하세요? 아뇨, 저는 이미 충분히 그럴 수 있다고 믿어요.

아저씨도 아시다시피 저는 4학년이에요. 여름 내내 일을 했으니 건강을 위해 기분 전환을 좀 하고 싶습니다. 저는 애디론댁 산맥을 보고 싶어요. 샐리와 그녀의 오빠를 만나 보고 싶어요. 지미 맥브라이드는 저에게 카누 젓는 법을 가르쳐 줄 거예요. 그리고(좀 비겁한 행동이지만 이것이 제가 그곳에 가려는 가장 중요한 이유입니다.) 저는 저비 도련님이 록 윌로 농장에 와서 제가 그곳에 없다는 것을 보게 하고 싶어요.

저는 그분에게 저를 그분 마음대로 할 수 없음을 알려 주지 않으면 안 돼요. 아저씨, 아저씨 말고는 누구도 저를 마음대로 할 수 없어요. 그리고 아저씨도 늘 그럴 수는 없지요! 저는 숲으로 떠납니다.

주디 올림

9월 6일 맥브라이드네 캠프에서

아저씨께

아저씨의 편지가 늦게 도착했군요(잘된 일이에요.). 아저씨의 뜻대로 저를 움직이시려면 아저씨는 비서에게 시켜 2주일 전에 도착하게끔 해야만 합니다. 보시다시피 저는 여기 와 있으며, 온 지 벌써 닷새가 지났습니다.

아름다운 숲과 즐거운 캠핑과 화창한 날씨, 맥브라이드네 식구도 마음에 들고, 온 세상이 아름다워요. 저는 정말 행복해요! 지미도 저에게 카누를 타러 가자고 해요. 안녕, 아저씨. 말씀을 듣지 않아 죄송해요. 하지만 아저씨께서는 왜 제가 좀 노는 것을 그렇게 끈질기게 반대하시는지요? 저는 여름 내내 일을 했으므로 2주일쯤은 쉴 자격이 있어요. 아저씨는 굉장히 심술맞으시군요.

그러나 아저씨의 많은 결점에도 불구하고, 저는 여전히 아저씨를 좋아해요.

주디 올림

10월 3일

친애하는 키다리 아저씨께

대학에 돌아와서 4학년 졸업반이 되고, 교내 월간지의 편집장이 되었습니다. 바로 4년 전 존 그리어 고아원의 고아에 불과했던 제가 이제 이렇게 지성적인 사람이 되었다니, 믿어지지 않으시죠? 미국에서는 출세가 정말 빠르군요!

아저씨는 이 일을 어떻게 생각하십니까? 록 윌로로 보낸 저비 도련님의 편지가 이곳으로 전송되어 왔습니다. 친구들과의 요트 놀이 때문에 올 가을엔 이곳에 올 수 없어 유감이라고 말했어요. 저더러 시골에서 즐겁고 유쾌한 여름을 보내기를 바란다고 했어요.

그런데 그분은 제가 맥브라이드네 캠프에 간 사실을 이미 다 알고 있었어요. 줄리아가 다 고해 바쳤으니까요! 그러니까 남자들은 그렇게 알고도 모르는 척 꾀 부리는 일에는 여자의 상대가 못 돼요. 남자들은 그런 일을 제대로, 똑 부러지게 못하거든요.

줄리아는 이번에도 화려한 새 옷을 한 트렁크 가득 가지고 왔어요. 무지갯빛 리버티 크레이프로 만든 이브닝드레스는 천국의 천사들이 입는 옷으로도 손색이 없을 거예요. 그런데 저는 올해 입을 제 옷들이 전례 없이(이런 말도 있습니까?) 아름답다고 생각했어요. 저는 이곳의 양장점에 가서 패터슨 부인의 드레스를 본떠 맞춰 입었거든요. 그 옷이 부인의 것과 완전히 똑같지는 않았지만 줄리아가 트렁크를 풀어 놓기 전에는 적어도 그것들은 제 마음에 쏙 들었었어요. 그러나 이제는…… 앉아서 파리 구경을 하는 셈이었죠.

아저씨, 남자로 태어난 것을 다행으로 생각하지 않으세요? 아저씨는 우리 여자들이 옷에 대하여 이렇게 법석대는 것을 아주 멍청한 짓으로 생각하실 테죠? 사실 그래요. 의심할 여지도 없어요. 그러나 이것은 전

178

적으로 남자들에게 그 책임이 있어요.

여자들의 불필요한 장식을 경멸하고, 지적이고 실용적인 옷을 칭찬하던 유식한 교수 양반의 얘기를 들으신 적이 있습니까? 교수의 부인은 공손한 여자여서 '의상 개혁'을 따랐대요. 그런데 어떤 일이 벌어졌는지 아세요? 교수는 어느 쇼단의 여자 단원과 눈이 맞아 도망했다는군요.

항상 아저씨의 벗인

주디 올림

추신

기숙사의 같은 층에서 일하는 하녀가 파란색 줄무늬 무명 앞치마를 입고 있어요. 저는 그 애에게 갈색 앞치마를 사 주고 대신 그 파란색 앞치마는 연못 속으로 던져 버리려고 해요. 저는 그 파란색 앞치마를 볼 때마다 옛날 일이 생각나서 소름이 끼치거든요.

11월 17일

친애하는 키다리 아저씨께

저의 작가 생활에 크고 어두운 그림자가 드리워졌습니다. 이 일을 아저씨께 말씀을 드려야 좋을지 어떨지 모르겠지만, 위로를 좀 받고 싶어요. 말없는 위로 말입니다. 제발 아저씨께서는 다음 편지에서 이 이야기를 꺼내어 아픈 상처를 다시 건드리지 말아 주세요.

사실은 저는 그동안 소설을 쓰고 있었어요. 지난 겨울 내내 저녁 시간을 다 바쳐서 그리고 이번 여름에 두 머리 나쁜 소녀에게 라틴어를 가르치면서 틈틈이 써 왔었죠. 그래서 개학 바로 전에 완성해 출판사에 보냈어요. 두 달 동안 원고가 돌아오지 않기에 저는 출판이 될 줄로만 알았어요. 그런데 어제 아침 속달로 소포가 왔습니다(30센트를 물었지요.). 출판사 편집장의 편지가 동봉된 제 원고가 돌아온 것입니다. 그 편지는 아버지처럼 친절했지만 솔직한 평이 적혀 있었습니다. 출판사 측은 제 주소로 제가 아직 대학 재학생임을 알았으며, 만약 제가 충고를 쾌히 받아들인다면 우선 공부에 전력을 다하고 졸업한 뒤에 작품을 쓰기 시작하라고 일렀어요. 그 편지에는 다음과 같은 비평이 있었어요.

"비현실적인 구성에 과장된 성격과 부자연스런 대화로 이루어짐. 유머는 많으나 품위가 결여된 곳이 많음. 계속 노력하면 좋은 작품을 쓸지도 모름."

아저씨, 위안의 말은 전혀 없지요? 그런데 저는 제가 미국 문학에 커다란 획을 그었다고 생각했어요. 진정으로 그런 생각을 가졌어요. 저는 졸업하기 전에 훌륭한 소설을 써서 아저씨를 놀라게 해 드리려고 했습니다. 작년 크리스마스에 줄리아네 집을 방문했을 때 자료를 수집했어요. 그러나 출판사 편집장의 말이 옳았어요. 대도시의 생활 양식과 관습을 2주일 동안에 충분히 관찰한다는 것은 무리한 생각이었어요.

어제 오후 저는 원고를 들고 밖에 나가 거닐다가 가스공급소에 들어

가서 기사에게 난로를 잠시 빌릴 수 있겠느냐고 물었습니다. 기사는 친절하게도 난로 문을 열어 주었어요. 저는 제 손으로 원고를 던져 넣었지요. 마치 제가 낳은 아이를 화장하는 듯한 기분이었습니다.

어젯밤에는 아주 상심한 채로 잠자리에 들었어요. 저는 아무 짝에도 쓸모가 없는 여자가 될 것같이 생각되었지요. 그리고 아저씨가 돈을 헛되게 버렸다고 생각했어요. 그런데 어떻게 되었는지 아세요? 오늘 아침 눈을 떠 보니 아주 아름다운 구상이 머리에 떠올랐어요. 그래서 하루 내내 더없는 행복감에 젖은 채 등장인물을 구상했어요. 누구도 저를 염세주의자라고 비난하지 못할 거예요! 저는 지진이 일어나 하룻밤 사이에 남편과 열두 명의 아이를 잃는다 해도 다음날 아침에는 미소를 머금고 기운차게 새로운 남편과 아이들을 찾기 시작할 거예요.

사랑을 보내면서
주디 올림

12월 14일

친애하는 키다리 아저씨

어젯밤에는 참으로 기이한 꿈을 꾸었어요. 꿈속에서 제가 어떤 책방에 들어가니까 점원이 『주디 애버트의 생애와 편지』라는 제목의 신간을 저에게 내어 주더군요. 그 꿈은 너무나 선명했어요.

빨간 천으로 된 표지에는 존 그리어 고아원의 그림이 있고, 안 표지에는 제 초상화가 있고 그 밑에 '진정 당신의 것인 주디 애버트.' 라고 쓰여 있었어요. 그런데 제가 막 책 마지막 페이지에 있는 저의 비문(碑文)을 읽으려고 하다가 잠에서 깨어났어요. 정말 안타까웠어요! 제가 누구와 결혼하게 되며, 언제 죽게 되는지 알 수 있었는데 말이에요.

모든 걸 다 알고 있는 작가가 진실만을 적어 놓은 일대기를 읽게 된다는 것은 정말 흥미로운 일이 아니겠어요?

다음과 같은 조건으로만 읽을 수 있다면 어떻게 하시겠습니까? 즉 본 내용을 절대 잊어서는 안 된다는 조건입니다. 그러면 모든 앞일을 미리 정확하게 알면서, 즉 죽을 시간까지 정확하게 미리 알면서 살아야 할 것입니다. 그렇다면 그것을 읽을 용기가 있는 사람이 몇 사람이나 될 것이라고 생각하십니까? 또는 희망도 없고 경이로움도 없이 살아야 하는 대가를 지불하게 되더라도 그것을 읽지 않을 만큼 호기심을 충분히 억제할 수 있는 사람이 몇 사람이나 되겠습니까? 인생이란 최상의 경우에 있어서도 단조롭기 그지없습니다. 먹고 자고 또 먹고 자야 합니다. 그러나 끼니 사이에 의외의 일이 절대로 발생하지 않는다면 얼마나 지겹고, 또한 단조롭겠습니까? 이런, 아저씨, 잉크가 번졌네요. 그러나 석 장이나 썼으므로 처음부터 다시 쓸 수는 없습니다.

저는 올해도 생물학을 공부합니다. 생물학은 아주 흥미 있는 과목이에요. 지금 공부하고 있는 것은 소화기관입니다. 현미경을 통해 보는 고양이의 십이지장의 단면이 얼마나 아름다운지 아세요?

뿐만 아니라 우리는 드디어 철학도 배운답니다. 철학은 재미는 있지만 아직은 모르는 것이 대부분이에요. 저는 대상을 핀으로 판에 꽂아 놓고 살펴볼 수 있는 생물학 쪽이 더 좋아요. 또 잉크 방울이 떨어졌네요! 또 떨어지네요! 이 펜은 울보인가 봐요. 울보가 흘리는 눈물을 용서하세요.

아저씨는 자유 의지라는 것을 믿으세요? 저는 믿습니다. 아주 확고하게 믿어요. 인간의 모든 행동이 여러 가지 원인들이 모여서 나타나는 필연적인 결과라고 주장하는 철학자도 있지만 저는 결코 찬성할 수 없어요. 이것은 제가 들은 것 중에서 가장 부도덕(不道德)한 사상입니다. 아무도 어떤 일에 책임을 지지 않게 된다는 얘기가 되니까요. 만약 모든 사람들이 그와 같은 숙명론을 맹신한다면 아무것도 하지 않은 채 "주여, 당신의 뜻대로 하소서!" 하고 말하면서 죽어 쓰러질 때까지 앉아만 있겠다는 것과 똑같습니다.

저는 제 자신의 자유 의지와 제 자신의 성취 능력을 믿습니다. 그것은 산을 움직일 수 있는 믿음입니다. 아저씨, 저는 분명히 대문호가 될 테니 두고 보세요! 저는 이미 새 소설의 4장을 끝내고 5장까지 구상해 놓았습니다.

오늘 편지는 매우 심원하지요? 아저씨, 골치가 아픈 건 아니시겠죠? 우리의 대화는 이 정도로 그치고 퍼지를 좀 만들어야겠어요. 아저씨께 퍼지를 보내 드릴 수 없어 유감이군요. 우리는 퍼지를 진짜 크림과 버터 세 개를 넣어 만들기 때문에 아주 맛있거든요.

사랑을 보내면서
주디 올림

추신

우리는 체육 시간에 무용을 배우고 있습니다. 그림을 보시면 얼마나 우리가 진짜 발레리나처럼 보이는지 아실 거예요. 맨 끝에서 우아하게 발끝을 들고 있는 것이 바로 저예요.

12월 26일

제가 가장 사랑하는 아저씨께

아저씨의 상식이 의심스러워요. 한 여학생에게 열일곱 가지의 크리스마스 선물을 주어서는 안 된다는 것을 모르세요? 저는 사회주의자랍니다. 저를 금권주의자(金權主義者)로 전향시키기로 작정이라도 하셨나요?

우리가 말다툼이라도 하게 된다면 얼마나 어색하게 되겠는지 생각해 보십시오. 아저씨가 주신 선물을 돌려보내려면 마차 하나가 필요하겠네요.

제가 보내 드린 넥타이가 좀 볼품없어 죄송합니다. 그것은 제가 손수 짠 거예요. 그러니까 제 성의를 봐서 받아 주세요. 추운 날에 그것을 매시고 외투의 단추를 위까지 꼭 채워 입으세요.

아저씨, 진심으로 감사드립니다. 저는 아저씨가 유사 이래 가장 정다운 분이시고, 또한 가장 어리석은 분이시라고 생각해요.

주디 올림

추신

새해에 아저씨에게 행운을 기원하는 마음으로 네잎 클로버를 동봉합니다. 이것은 맥브라이드네 캠프에서 따온 것입니다.

1월 9일

아저씨, 아저씨의 영원한 구원이 보장되는 좋은 일을 좀 하시지 않겠습니까? 이 근처에 아주 절박한 궁지에 빠져 있는 가족이 있습니다. 어머니와 아버지 그리고 네 자녀가 있는데, 유리 공장에서 일하던 아버지가 폐병에 걸려 병원에 입원해 있어요. 큰아들 둘은 돈을 벌겠다고 집을 떠난 후 아무런 소식도 없이 집에다 한푼도 보내지 않는답니다. 유리 공장에서의 일은 아주 건강에 나빠요. 그래서 저축한 돈을 다 써 버리게 되어 가족 부양의 중책은 스물네 살 난 맏딸의 몫이 되었어요. 그녀는 하루에 1달러 50센트를 받고 삯바느질을 하며(그것도 일이 있어야만 그렇습니다.), 저녁에는 식탁보에 자수를 놓고 있습니다. 어머니는 몸이 약하여 어떤 일도 할 수 없어 그저 기도나 드리고 있습니다. 딸은 과로와 책임과 근심 때문에 지쳐 힘들어하는데 어머니는 모든 것을 포기한 사람처럼 합장한 채 앉아만 있습니다. 딸은 나머지 겨울을 어떻게 나야 할지 속수무책인 상황입니다. 저도 이렇다 할 방법이 생각나지 않는군요. 1백 달러만 있으면 석탄도 좀 마련하고, 세 동생이 학교에 갈 수 있도록 신발들을 사 주고, 조금 돈이 남게 되면 며칠간 일감이 없더라도 당장 굶어죽을 걱정은 없게 됩니다.

아저씨는 제가 아는 사람 중에서 제일 부자이십니다. 아저씨께서 1백 달러를 희사하실 의향은 없으신지요? 도움은 저보다 그 아가씨 쪽이 훨씬 절실합니다. 그 아가씨가 아니라면 저는 이런 간청을 하지 않아요. 그 어머니는 어찌 되든 아무 문제가 안 돼요. 그렇게 손가락 하나

까딱하지 않는 사람은 굶어죽어 마땅하잖아요.

완전히 체념할 상태는 아니라는 것을 확실히 알면서도 그저 눈만 말똥말똥 뜨고 하늘이나 쳐다보면서 "이것도 다 하나님의 뜻이겠지." 하고 중얼거리는 그 따위 모습을 보면 울화가 치밀어 오릅니다. 겸허니 체념이니 하는 것은 순전히 무기력에서 비롯되는 타성에 지나지 않습니다. 저는 더 적극적인 종교가 좋습니다!

철학 공부란 정말 쉽지 않군요. 쇼펜하워를 내일 전부 끝낸대요. 철학 교수는 우리가 다른 과목도 이수하고 있는 것을 전혀 모르는 사람 같아요. 철학 교수는 참 괴팍한 늙은이예요. 늘 머리를 구름 속에 넣고 다니다가 가끔 대지를 밟게 되면 멍청하게 어리둥절해 합니다. 그는 가끔 농담을 해서 강의를 부드럽게 해 보려고 합니다. 우리는 억지로 웃어 주려고 하지만 그의 농담은 전혀 우습지가 않아요. 그는 강의 이외의 시간에는 늘 물질이 존재하느냐 아니면 단지 물질이 존재한다고 생각하느냐의 여부를 규명하기 위해 애쓰고 있습니다.

제 생각에는, 샀바느질하는 그 아가씨는 의심할 여지 없이 물질이 존재한다고 생각할 거예요!

제가 새로 쓴 소설이 지금 어디 있을 거라고 생각하세요? 쓰레기통 속에 있어요. 그것이 좋은 작품이 못된다는 것을 저 스스로 알겠어요. 작가 자신이 자식을 사랑하는 어머니의 눈으로 보는데도 그런데, 헐뜯기 좋아하는 세상 사람 눈에 그것이 어떻게 비춰지겠어요?

며칠 후

아저씨, 온통 고통뿐인 병상에서 편지를 씁니다. 편도선이 부어 이틀째 누워 있습니다. 저는 따뜻한 우유나 겨우 넘기며, 다른 것은 입에 대지도 못합니다. "학생의 부모는 왜 학생이 어릴 때 그 편도선을 완전히 고쳐 주지 않았지?" 하고 의사가 이해할 수 없다는 듯이 말했어요. 저도 자세히 알 수는 없지만 저의 부모님은 저에 대해서 애정이 별로 없었나 봐요.

아저씨의 벗인

주디 올림

다음날 아침

저는 지금 막 이 편지를 부치기 전에 다시 한 번 읽어 봤어요. 제가 왜 삶에 대해 그렇게 염세적인 견해를 가졌는지 알 수가 없군요. 저는 젊고 행복하며 활기에 차 있음을 급히 알려 드립니다. 그리고 아저씨도 저와 마찬가지일 것이라고 믿습니다. 젊음이란 나이와는 아무런 상관 없이 다만 얼마나 활달한 마음 가짐을 지니는가에 있죠. 아저씨, 만약 아저씨의 머리가 백발이라 하더라도 아직 소년이 되실 수 있습니다.

사랑을 보내면서

주디 올림

1월 12일

친애하는 자선가 귀하

어제 제가 말씀드린 가족에게 주시는 수표를 받았습니다. 너무 고마
워요! 저는 점심 시간이 끝나자마자 체육 시간을 빼먹고 수표를 그 가
족들에게 가져다주었습니다. 그 아가씨의 표정을 아저씨께 보여 드리
고 싶어요! 그 아가씨는 아주 놀라고 행복하고 고통을 잠시나마 잊어버
리게 되어 다시 젊어진 듯해 보였습니다. 그 아가씨는 스물네 살밖에
안 됩니다. 가엾지 않으세요?

하여간 그 아가씨는 행운에 행운이 겹쳐 온다고 느끼고 있어요. 앞으
로 두 달 동안은 일감 걱정도 할 필요가 없대요. 누가 시집을 가게 되어
혼수 준비를 맡았대요.

그녀의 어머니는 그 작은 하얀 종이가 1백 달러라는 사실을 알게 되
자 "주님의 은혜에 감사합니다!"라고 외쳤습니다.

"주님이 보내 주신 것이 아니라 키다리 아저씨가 보내 주신 거예요."
(물론 스미스 씨라고 했습니다.) 하고 제가 말했습니다.

"그러나 그분에게 그렇게 하라고 한 것은 우리 주님입니다."하고 그
녀가 말했습니다.

"전혀 그렇지 않아요! 그것은 제가 부탁드린 거예요."하고 제가 외쳤
습니다.

아저씨, 그러나 저는 주님께서 아저씨한테 그만큼의 축복을 내리실
거라고 믿고 있습니다. 아저씨는 연옥에서 반년은 더 일찍 나오시게 될

거예요.

진정으로 감사를 표하면서
주디 애버트 올림

2월 15일

폐하께 삼가 아룁니다.

오늘 아침은 찬 칠면조 파이와 거위 고기를 먹고, 마셔 본 일이 없는 엽차를 한잔 청했습니다.

아저씨, 제가 이상해졌다고 걱정하지 마세요. 저는 그저 새뮤얼 페피스(Samuel Pepys ; 17세기 영국의 일기 작가)의 글을 인용했을 따름이니까요. 영국사 시간에 기본 자료로서 그의 일기를 읽고 있습니다. 샐리와 줄리아 그리고 저는 지금 1660년 당시의 말투로 대화를 나누고 있습니다. 한번 들어 보시겠어요?

"차링크로스에 가서 해리슨 소령을 교수형에 처한 후 오장육부를 꺼내고 사지를 찢는 것을 보았노라. 그 사람은 그런 지경에 놓인 자로선 태연해 보였도다."

또 이런 것도 있습니다.

"어제 남동생이 뇌척수막염으로 사망하여 상복을 입고 있는 아름다운 귀부인과 정찬을 나누었노라."

상을 치른 지 얼마 안 되는 사람의 입장으로 손님을 초대한다는 것은

190

너무 이르다고 생각지 않으세요? 페피스의 친구들은 오래된 썩은 식량을 가난한 백성들에게 팔아 그 돈으로 왕에게 진 빚을 갚으려는 매우 비열한 계략을 짜냈어요. 개혁주의자인 아저씨는 이 일을 어떻게 생각하세요? 현대인들은 신문이 떠들어대는 정도로 악하다고 생각하지는 않아요.

새뮤얼의 옷에 대한 관심은 여자와 다를 바가 없었나 봐요. 그의 옷에 대한 지출이 아내의 다섯 배였다니, 그때는 남편들의 황금시대였나 봐요. 이 일기는 놀랍지 않으세요? 그 사람은 정말 정직했었나 봐요.

"오늘, 금단추가 달린 나의 훌륭한 모직 망토가 집에 배달되어 오다. 이것은 무척 값비싼 것으로 나는 이 옷 대금을 치를 수 있도록 하나님에게 기도한다."

페피스의 글을 너무 많이 써서 죄송합니다. 저는 그에 관해 특별 논문을 쓰고 있는 중이거든요.

아저씨, 어떻게 생각하세요? 자치회에서 10시 소등법을 없애기로 했습니다. 이제 우리는 마음대로 밤늦게까지 불을 켤 수 있습니다. 다만 다른 사람을 방해해서는 안 된다는 조건이 있으므로 큰 규모로 노는 것은 규정상 위배됩니다. 그 결과는 인간의 본성이 여지없이 드러났습니다. 이제 우리 마음대로 늦게까지 자지 않아도 되게 되니까 오히려 더 일찍 잠자리에 들게 되는군요. 우리는 9시만 되어도 꾸벅꾸벅 졸기 시작하여, 9시 반이 되면 손에서 펜대가 스르르 떨어집니다. 그런데 지금 9시 반입니다. 안녕히 주무세요.

일요일

교회에서 지금 돌아왔습니다. 조지아 주에서 온 목사의 설교를 들었습니다. 그 목사는 우리가 정서를 희생해서까지 지성을 발전시켜선 절대 안 된다고 말했어요. 그러나 이 사람의 생각으로는 보잘것없는 무미건조한 설교였느니라. 또 페피스의 말투를 썼군요. 미국 어디서 온 목사건, 캐나다에서 온 목사건, 무슨 종파의 목사건 모두 하나에서 열까지 설교를 하는군요. 왜 목사들은 남자 대학에 가서 남성의 기질을 죽이면서까지 공부에 집착하지 말라고 역설하는지 모르겠어요.

오늘은 정말 상쾌한 날씨입니다. 땅은 얼고 공기는 쌀쌀하지만 하늘은 청명하게 개었습니다. 점심 식사가 끝나자마자 샐리와 줄리아와 마티 킨과 엘레노 프래트(아저씨는 모르시겠지만 이들도 제 친구예요.)와 저는 짧은 치마를 입고 들을 가로질러 크리스털 스프링 농장에 가려고 해요. 거기 가서 닭 튀김과 와플로 저녁을 때우고 크리스털 스프링 씨에게 그의 긴 사륜마차로 우리 기숙사까지 태워 달라고 부탁할 참입니다. 우리는 보통 7시까지는 교내에 들어와야 하지만 한 시간 더 늦추어서 8시까지 돌아오려고 해요.

귀체의 건강하심을 바라마지 않습니다.

충성되고, 신의 있고, 성실하고, 순종하는 신하

J. 애버트 올림

3월 5일

이사님 귀하

내일은 이 달의 첫 번째 수요일입니다. 존 그리어 고아원 아이들에게
는 아주 몸서리쳐지는 날이지요. 5시가 되어 후원회 이사님들이 고아
들의 머리를 쓰다듬어 주고 떠나게 되면 그 애들은 얼마만큼 속시원해
하는지 아세요? 아저씨도(개인적으로) 제 머리를 직접 쓰다듬어 준 적
이 있으세요? 아무래도 그런 기억은 없군요. 뚱뚱한 이사님들만이 기
억에 남아 있을 뿐이니까요.

고아원에 저의 사랑을 전해 주세요. 저의 진심 어린 사랑 말이에요.
4년이란 아련한 세월을 통해 돌아보니 고아원이 그리움으로 다가오는
군요.

제가 대학에 처음 왔을 때에는 모든 다른 여학생들이 영위했던 정상
적인 유년 시절을 빼앗긴 데 대해 강한 분노를 느꼈지요. 그러나 이젠
그런 감정은 조금도 남아 있지 않아요. 고아원의 생활은 이제 저에겐
훌륭한 체험일 뿐이에요. 그것은 저에게 조금 떨어져 인생을 관조할 수
있는 유리한 입장으로 만들어 주었어요.

이제 저는 어른이 되어서 세상을 꿰뚫어 볼 수 있게 되었습니다. 그
러나 부족한 것 없이 자란 다른 사람들에겐 그런 힘은 완전히 결여되어
있습니다.

저는 많은 여학생들(예를 들어 줄리아)이 자신들이 행복하다는 것을
모르고 있음을 알고 있습니다. 그들은 너무나 많은 행복에 둘러싸여 있

어 행복에 대한 감각이 무디어졌습니다.

　그러나 저의 경우는 제가 행복하다는 것을 제 삶의 매 순간마다 절실히 느끼고 있어요. 그리고 어떤 불행한 일이 닥치더라도 계속 행복하다는 느낌을 가지려고 할 거예요. 저는 어떠한 기분 나쁜 일(심지어 치통까지)도 흥미 있는 경험으로 간주하고, 그것이 어떤 느낌을 주는지 기꺼이 알아보려고 해요.

　"내 머리 위의 하늘이 어떻게 되든 나는 문명과 맞설 용기가 있도다."

　아저씨, 그러나 존 그리어 고아원에 대한 이 새로운 애정을 말 그대로 받아들이지는 마세요. 만약 제게 어린애가 다섯 명이 생긴다면, 검소함을 가르친다는 핑계로 루소처럼 고아원 문 앞에다 버리는 일 따위는 절대로 없을 거예요.

　리페트 원장님에게 안부를 전해 주세요(이렇게 말씀드리는 것이 진실한 것이라고 생각해요. 사랑을 전해 달라고 말하면 과장이 좀 심한 것일 테니까요.). 그리고 원장님에게 제 성품이 얼마나 아름답게 변했는지도 꼭 말씀해 주세요.

사랑을 보내면서

주디 올림

4월 4일, 록 윌로 농장에서

친애하는 아저씨께

소인(消印)을 보셨습니까? 샐리와 저는 여기 록 윌로에서 부활절 방학을 보내기로 했습니다. 우리는 열흘 동안 가장 쓸모 있게 보내는 길은 조용한 곳으로 가는 것이라는 데 합의점을 찾았습니다.

우리는 이제 퍼거슨 기숙사에서 주는 음식은 한 끼도 견딜 수 없을 정도가 되었습니다.

피곤한 몸으로 4백 명의 여학생들과 한방에서 식사한다는 것은 이젠 커다란 고통입니다. 식탁 건너편의 학생이 두 손을 입에 갖다 대고 큰 소리로 외쳐야 겨우 그 소리를 들을 정도로 시끄럽습니다. 거짓말이 아네요.

샐리와 저는 언덕 위를 산책하고, 책을 읽기도 하고, 글도 쓰고, 또한 쉬면서 유쾌한 시간을 보내고 있습니다. 우리는 오늘 오전, 전에 저비 도련님과 함께 저녁을 해 먹었던 스카이 힐의 꼭대기에 올라갔습니다. 그 일이 벌써 2년이 지났다니 믿어지지 않는군요. 저비 도련님과 제가 피운 불의 연기로 검게 그을은 바위가 그대로 있더군요. 참 이상하게도 어떤 장소를 보면 그곳과 관련된 사람이 생각나곤 해요. 그곳에 가면 그분이 반드시 생각나게 되지요. 저는 그분이 계시지 않아 좀 쓸쓸했습니다. 단 2분 동안만 그랬습니다.

아저씨, 제가 요즘 무슨 일을 하고 있다고 생각하세요?

아저씨는 저를 걷잡을 수 없는 아이라고 믿기 시작하실 거예요. 저는 소설을 쓰고 있습니다. 3주일 전에 시작했는데 지금은 쉽게 풀려 나가고 있습니다. 저에게 무엇이 문제인지를 알게 되었어요. 저비 도련님과 그 편집장의 말이 옳았어요. 아는 일에 관해 쓰면 쉽게 납득시키게 된다는 말씀이었지요.

그래서 이번에는 제가 아는 것에 관해서, 속속들이 아는 것에 대해서 쓰고 있습니다. 과연 그 소재가 무엇이라고 짐작하세요? 바로 존 그리어 고아원입니다!

그런데 아저씨, 이번 작품은 잘되었어요. 그렇다고 믿고 있어요. 일상에서 일어났던 사소한 일들을 묘사하고 있어요. 저는 이제 사실주의자가 되었어요. 저는 낭만주의자는 이미 버렸어요. 그러나 나중에 저의 모험적인 미래가 시작될 때 저는 다시 낭만주의로 돌아가겠어요.

이 새 소설은 틀림없이 완성될 것이며, 출판도 될 거예요! 그렇게 되나 안 되나 두고 보세요.

무슨 일이든 갈구하고 계속 노력하면 결국은 성취하게 되는 법이지요. 저는 아저씨의 편지를 받기 위해 4년 동안 노력하고 있습니다. 지금도 그것을 포기하지 않았어요.

아저씨, 안녕.

(저는 아저씨를 'Daddy Dear'라고 부르고 싶어요. 그러면 두운(頭韻)이 아주 잘 맞으니까요.)

사랑을 보내면서

주디 올림

농장 소식을 알려 드린다는 것을 잊었군요. 정말 슬픈 소식이 있어요. 만약 아저씨의 예민한 감정을 흥분시키고 싶지 않으시면 이 추신을 읽지 마세요.

불쌍하게도 늙은 말 그로브가 죽었어요. 너무 늙어서 아무것도 씹을 수 없어 총으로 안락사를 시키지 않을 수 없었어요.

지난주에는 병아리 아홉 마리가 족제비인지 스컹크인지 아니면 쥐에 의해서인지는 모르겠지만 아무튼 죽었습니다.

암소 한 마리가 병이 나서 보니리그 네거리에서 수의사를 데려왔습니다. 아마사이는 이 암소에게 피마자유와 위스키를 먹이느라 밤새도록 한잠도 못 잤습니다. 그러나 우리는 저 불쌍한 병든 소가 피마자유밖에 먹지 못했을 거라고 의심하고 있습니다.

감상적인 토미(얼룩 고양이)가 행방불명입니다. 그놈이 덫에 걸리지 않았을까 모두들 걱정입니다.

세상에는 걱정투성이입니다.

5월 17일

친애하는 키다리 아저씨께

저는 지금 펜대만 보아도 어깨가 저려와 이 편지를 아주 짧게 쓰겠습니다. 낮에는 종일 강의 내용을 받아 적고 저녁에는 줄곧 불후의 명작을 집필하느라고 너무 많이 손을 쓰고 있습니다.

이번 수요일부터 3주 후에 졸업식이 있을 예정입니다. 아저씨, 오서서 저를 만나 보실 수 있으시겠지요? 만약 오시지 않으면 미워하겠어요! 줄리아는 저비 도련님이 그녀의 친척이므로 그분을 초청하고, 샐리도 오빠인 지미 맥브라이드를 초청해요. 그러나 제가 초청할 사람이 누가 있겠어요? 아저씨하고 리페트 원장님뿐인데, 저는 리페트 원장님은 싫어요. 제발 꼭 와 주세요.

서경(書痙 ; 손에 경련이 일어나는 일종의 신경증)으로 인해 아픈 손으로 글씨를 쓰면서 사랑을 보냅니다.

주디 올림

6월 19일 록 윌로 농장에서

친애하는 키다리 아저씨께

마침내 제 교육이 끝났어요! 졸업장은 옷장 맨 아래 서랍 안에 제일 좋은 두 벌의 옷과 함께 있어요. 졸업식 때에는 예년처럼 가장 중요한 순간에 소나기가 내렸습니다. 장미 꽃송이를 보내 주신 것에 감사드려요. 정말 아름다웠어요. 저비 도련님과 지미 맥브라이드 두 분도 역시 저에게 장미를 주시긴 했지만 저는 그분들의 장미는 목욕탕 속에 넣어 두고 아저씨가 보내 주신 것을 들고 졸업 행렬에 참석했습니다.

저는 여름을 지내기 위해 록 윌로 농장에 왔습니다. 혹시 영원히 여

기에 정착할지도 몰라요. 하숙비도 싸고 주위가 조용하여 작가 생활을
하기에 더할 나위 없이 좋은 곳입니다. 고생하는 작가가 더 바랄 것이
있겠습니까?

저는 제 소설에 푹 빠져 있어요. 눈만 뜨면 소설을 생각하며 밤에도
이것을 꿈꿉니다. 제가 원하는 것은 평화와 고요와 일할 수 있는 많은
시간입니다(영양이 가득한 식사와 더불어서요.).

저비 도련님이 8월에 일주일 정도 머무르겠다고 하셨으며, 지미 맥
브라이드도 여름에 잠깐 들르겠다고 합니다. 지미 맥브라이드는 증권
회사에서 일하고 있는데 여기저기 돌아다니면서 은행에 채권을 팔고
있어요. 그는 보니리그 네거리의 모퉁이에 있는 파머스 내셔널 은행에
볼일을 보러 오는 길에 저를 만나 보려는 거예요.

록 윌로 농장에도 파티가 아주 없는 것은 아니죠. 아저씨도 자동차를
몰고 오신다면 좋을 텐데요. 그러나 그것은 불가능한 바람일 뿐이란 걸
잘 알고 있어요. 제 졸업식에 참석하시지 않았을 때 저는 제 마음에서
떠난 아저씨를 영원히 묻어 버렸어요.

문학사(文學寫) 주디 애버트 올림

7월 24일

사랑하는 키다리 아저씨께

일한다는 것은 즐겁지 않아요? 아저씨도 일을 하시죠? 세상에서 자

기 일을, 특히 하고 싶은 일을 할 때의 기쁨은 말할 수 없이 크지요. 저는 올 여름 매일 펜이 나가는 만큼 빨리 쓰고 있습니다.

그런데 제 생활에서 유일한 아쉬움이라면 제가 생각하는 아름답고 가치 있고 흥미 있는 모든 생각들을 쓸 하루의 시간이 너무나 짧다는 것입니다.

저는 이미 제 소설의 두 번째 초고(草稿)를 끝냈으며, 내일 아침 7시 반부터 세 번째 수정에 들어갈 예정입니다. 이것은 세상에서 제일 아름다운 소설이에요. 정말 그래요. 제 머릿속에서 이 소설을 제외하면 아무것도 없습니다.

아침에 일어나면 곧바로 옷을 입고 아침을 먹은 후 글을 쓰기 시작합니다. 그렇게 쓰고 또 쓰고 또 쓰다가, 갑자기 녹초가 될 정도로 피로가 몰려오면 끝마칩니다. 그러면 콜린(새로 기르게 된 양을 지키는 개)과 함께 밖으로 나가 들을 뛰어다니며 다음날에 필요한 이런저런 새로운 착상들을 구상합니다. 이 소설은 가장 아름다운 책이 될 거예요. 오, 죄송해요. 또 말씀드렸군요.

아저씨, 제가 지나친 자만으로 가득하다고 생각하세요? 아니에요. 정말 저는 그렇지 않아요. 다만 제가 지금 지나치게 열중해 있을 뿐이지요. 아마 나중에 냉정해지고, 비판적이 되고, 건방져질는지 모르겠어요. 아니에요, 저는 결코 그렇게 되고 싶지 않아요. 이번에 쓰는 건 진짜 소설이에요. 보시게 될 때까지 기다리기만 하세요.

잠깐 화제를 돌릴게요. 아마사이와 캐리가 지난 5월에 결혼했다는데 아직 말씀을 드리지 않았죠? 그들은 아직 이곳에서 일하고 있는데, 제가 보기에 두 사람은 결혼을 하더니 사이가 더 나빠졌어요.

전에 캐리는 아마사이가 진흙 묻은 신발로 들어오거나 바닥에 재를 떨어뜨려도 그저 웃기만 하더니, 이제 그녀는 신랑에게 잔소리를 해댑니다. 그리고 그녀는 이제 머리에 컬을 만드는 일도 그만두었습니다. 양탄자를 터는 일이며 나무 나르는 일을 고분고분 잘하던 아마사이도 이제 그런 일을 시키면 불평을 늘어놓아요. 그리고 그의 넥타이도 검은 색이나 갈색과 같은 아주 우중충한 색상이에요. 전에는 진홍색이나 자주색이었지요. 저는 절대 결혼하지 않기로 마음을 정했습니다. 결혼이란 확실히 사람을 타락시키는군요.

농장에 대한 특별한 소식은 없습니다. 가축들은 모두 아주 건강합니다. 돼지들은 유난히 살쪄 있고, 소들도 만족해 보이며, 암탉들은 알을 잘 낳습니다.

아저씨는 양계에 관심을 갖고 계십니까? 만약 그러시면 『암탉 한 마리가 1년에 2백 개의 알을 낳게 하는 법』이란 매우 유익한 책자를 권하고 싶습니다.

내년 봄에는 저도 부화기를 사용해서 병아리를 길러 볼 작정입니다. 저는 록 윌로 농장에 아주 정착할 생각입니다. 저는 앤터니 트롤로프의 어머니처럼 1백 14권의 소설을 쓸 때까지 머물러 있기로 결정했어요. 그때가 되면 제 일생의 과업도 이루어질 것이므로 저는 은퇴하여 여행을 떠날 수도 있게 되겠죠.

지난 일요일 제임스 맥브라이드 씨가 오셔서 우리와 지냈습니다. 점심으로 닭 튀김과 아이스크림을 대접했는데, 그분은 둘 다 맛있어 하는

것 같았어요. 저는 그분을 뵙게 되어 무척 기뻤습니다. 왜냐하면 잠시
나마 저에게 넓은 세상이 존재함을 상기시켜 주셨으니까요.

지미는 불쌍하게도 채권을 파느라 고생하고 있습니다. 보니리그 네
거리에 있는 파머스 내셔널 은행은 그 공채를 사면 6퍼센트 내지 7퍼센
트의 이자가 남는데도 불구하고 그것에 관심을 보이지 않습니다.

제 생각에는 그는 곧 사표를 내고 우스터의 집으로 돌아가 아버지의
공장에서 일하게 될 것 같아요. 사실 그는 지나치게 솔직하고, 남을 잘
믿으며, 마음이 너그러워 돈을 만지는 일은 적합하지 않아요. 그러나
성업 중인 작업복 공장의 지배인이라면 그에게 썩 잘 어울릴 거예요.
그는 지금 작업복 공장 따위는 거들떠보지도 않지만 결국 그곳으로 가
게 될 거예요.

서경(書痙)으로 고생하는 사람이 쓴 것으로는 이 편지가 긴 편지라
는 사실을 인정해 주시기 바랍니다. 아직도 저는 아저씨를 좋아합니
다.

그리고 무척 행복합니다. 온통 아름다운 주변의 경치와, 넉넉한 식량
과, 네 개의 기둥이 있는 안락한 침대, 산더미처럼 쌓여 있는 새 원고지
그리고 한 파인트나 되는 잉크가 있는데 더 이상 무엇을 바랄 수 있겠
어요.

항상 아저씨의 벗인
주디 올림

우체부가 또 소식을 가져왔습니다. 저비 도련님이 다음 주 금요일에 오셔서 일주일간 머무를 예정이래요. 물론 매우 즐거운 일이겠으나 단한 가지 저의 불쌍한 소설에 지장을 주지 않을까 걱정이군요. 저비 도련님은 아주 독선적이시거든요.

8월 27일

친애하는 키다리 아저씨께

아저씨, 지금 어디 계시죠?

저는 아저씨가 세상 어느 곳에 계시는지 전혀 알 수가 없어요. 그러나 이 무더위 속에 뉴욕에 계시지 않기를 바랍니다. 저는 아저씨가 산꼭대기에서(스위스는 아니고 좀더 가까운 곳 말이에요.) 눈을 바라보며 저를 생각하고 계시기를 바랍니다.

제발 그러시길 바랍니다.

저는 너무 외로워서 누군가 제 생각을 해 주길 바라고 있어요. 오, 아저씨, 제가 아저씨를 안다면 얼마나 좋겠어요! 그러면 우리가 불행할때 서로를 위로할 수 있겠지요.

저는 더 이상 록 윌로 농장에서 견뎌낼 수 없을 것 같습니다. 다른 곳으로 이사하려고 해요. 샐리가 올 겨울부터 보스턴에서 인보 사업(隣保事業)을 하게 되었어요. 샐리와 같이 가는 것이 좋다고 생각하지 않으세요? 방 하나를 둘이서 쓸 수 있어요. 그녀가 인보 사업을 하는 동안 저는 소설을 쓰고 저녁 시간은 둘이서 보낼 수 있을 거예요. 여기서 말할 사람이라곤 샘플 씨 부부와 아마사이와 캐리밖에 없어 저녁 시간은 정말 따분합니다. 저는 아저씨가 이런 생각을 좋아하지 않으신다는 것을 이미 알고 있어요. 다음과 같은 아저씨 비서의 편지를 보는 기분이에요.

제루샤 애버트 양

스미스 씨는 애버트 양이 록 윌로 농장에
머물러 있기를 원하십니다.

엘머 그리그스 올림

저는 아저씨의 비서가 너무 미워요. 엘머 그리그스라는 사람은 분명히 인상이 나쁠 거라고 확신해요.

그러나 아저씨, 정말 저는 보스턴으로 가야 할까 봐요. 더 이상 여기 있을 수가 없습니다. 아무런 변화가 없으면 저는 완전히 절망하여 사일로(silo ; 돌, 벽돌 따위로 지은 원형 탁상의 창고)의 구덩이 속으로 몸을 던져 버리게 될 거예요.

그런데다 날씨까지 이렇게 더우니. 모든 수풀은 타 말라죽고, 냇물은 거의 바닥이 드러나고, 길은 먼지투성이입니다. 비가 오지 않은 지 벌써 몇 주일이 지났어요.

이 편지로는 마치 제가 공수병에라도 걸린 듯이 보이시겠지만 그렇지 않아요. 저는 다만 가족이 필요할 뿐이에요.

사랑하는 아저씨, 안녕. 아저씨를 만나 뵙고 싶어요.

주디 올림

9월 19일, 록 윌로 농장에서

친애하는 아저씨께

어떤 일에 관해 아저씨의 조언이 필요합니다. 다른 사람의 충고는 싫고 꼭 아저씨의 충고만이 필요합니다. 만나 뵐 수가 있을까요? 편지보다는 직접 말씀드리는 것이 더 좋을 텐데요. 그리고 아저씨의 비서가 편지를 뜯어 볼까 두려워요.

주디 올림

추신

저는 매우 불행합니다.

10월 3일, 록 월로 농장에서

친애하는 키다리 아저씨께

아저씨께서 손수 쓰신 편지를 오늘 아침 받았습니다. 좀 떨리는 손으로 쓰셨더군요. 아저씨가 앓고 계시다니 가슴이 아픕니다. 앓고 계시다는 걸 알았다면 제 일로 아저씨를 괴롭혀 드리지 않았을 텐데요.

이제 제 고민을 말씀드리겠습니다. 그러나 이것은 매우 복잡하고 사적인 일이므로 편지에 쓰기가 적당하지 않습니다. 이 편지를 오래 보관하지 마시고 태워 버리세요.

그 말씀을 드리기 전에, 여기 1천 달러짜리 수표를 함께 보내 드립니다. 제가 아저씨께 수표를 보내 드리다니 우스운 일이지요. 안 그래요? 이 돈이 어디서 났다고 생각하세요?

아저씨, 제 소설이 팔렸어요. 연재물로 7회에 걸쳐 나갔다가 후에 단행본으로 출판됩니다! 제가 좋아서 어쩔 줄 몰라할 거라 생각되시겠지만 전혀 그렇지 않습니다.

저는 완전히 무감각합니다.

물론 아저씨의 은혜에 보답할 수 있게 되어 기쁩니다. 제가 아저씨께 빚진 돈이 2천 달러가 넘지요. 조금씩 나누어 갚겠습니다. 제발 이 돈을 보낸다고 기분 나빠하지 마세요. 왜냐하면 돈을 돌려 드리게 되어 제가 기쁘기 때문입니다. 저는 돈뿐만 아니라 많은 것을 아저씨께 빚지고 있어요. 나머지는 제가 감사와 애정의 마음을 가지고 평생을 두고 계속 갚아 나가겠습니다.

자, 그러면 아저씨, 그 얘기를 하지요. 아저씨의 가장 솔직한 충고가 필요합니다. 제가 좋아할지 어떨지는 신경 쓰시지 마세요.

아저씨에 대한 저의 감정이 아주 특별하다는 것은 아저씨도 아시지요? 아저씨는 저에게 가족 전부에 해당돼요. 그런데 제가 다른 남자에게 더 특별한 감정을 가지고 있다면 어떠세요? 아마도 아저씨는 그분이 누구인가를 쉽게 짐작하실 수 있을 거예요. 꽤 오래전부터 제 편지들은 저비 도련님에 관해 많은 언급이 있었으니까요.

저는 그분이 어떤 사람인지, 또한 우리가 얼마나 잘 어울리는지를 아저씨가 이해해 주셨으면 합니다. 우리는 모든 것에 대해 의견이 일치합니다. 저는 제 생각을 그분의 생각에 맞추려는 경향이 있는 것 같아요!

그러나 그분은 거의 늘 옳아요. 그건 당연한 일이지요. 그분은 저보다 열네 살이나 연상이니까요. 그러나 한편으로는 그분은 나이 먹은 소년이에요. 그래서 누군가 돌봐 주어야 해요. 비가 오는데도 장화를 신을 생각을 못하니까요. 그분과 저는 늘 같은 일을 생각하는데 재미있는 일들뿐이에요. 그런데 그런 일이 너무 많아요. 두 사람의 유머 감각이 상반된다면 정말 곤란한 일이겠죠. 그런 심연을 연결할 수 있는 다리는 없다고 생각합니다!

그리고 그분은…… 아, 그만두지요! 그분은 바로 그분 자신입니다. 그저 저는 그분이 그리워요. 그분이 보고 싶어요. 세상 모든 것이 사라진 것처럼 괴롭습니다. 저는 달빛을 증오해요. 왜냐하면 달빛은 아름다운데 그분이 여기 계시지 않아 그것을 볼 수 없으니까요. 아마 아저씨도 누군가를 사랑하신 일이 있다면 이해하시겠지요? 만약 아저씨가 그런 경험이 있으시다면 저의 설명은 필요가 없겠지만 만약 아저씨가 그런 경험이 없으시다면 제가 어떠한 설명을 드려도 허사겠죠.

하여간 이것이 제 심정이에요. 그런데 제가 그분의 청혼을 거절했어요.

그분에게 이유는 말하지 않았습니다. 저는 그저 아무 말도 못하겠고, 비참하기만 했습니다. 무슨 말을 해야 옳을지 몰랐습니다. 그런데 그분은 제가 결혼하기를 원하는 상대가 지미 맥브라이드인 줄 알고 떠나 버렸습니다.

저는 지미 맥브라이드와 결혼할 생각은 조금도 없어요. 지미와 결혼한다는 것은 생각도 하기 싫어요. 그는 아직도 어린애예요.

그러나 저비 도련님과 저는 무서운 오해 속에 빠져 버려 서로의 감정을 상하게 하고 있어요.

제가 그분을 너무나 아끼기 때문이에요. 저는 그분이 장차 우리의 결혼을 후회할까 두려웠던 거예요. 저는 그것을 견딜 자신이 없어요! 저 같이 하찮은 고아가 그런 분과 결혼한다는 것은 있을 수 없는 일이라고 생각되었어요.

저는 그분에게 고아원 얘기는 전혀 입 밖에 내지 않았습니다. 저는 제 부모가 누구인지도 모른다는 말을 설명하기가 죽어도 싫었어요. 제 혈통은 아주 보잘것없는 것인지도 몰라요. 그런데 그분의 가문은 아주 자부심이 강해요. 물론 저도 자부심이야 강하지요!

또한 저는 아저씨께 어떤 의무를 지니고 있다고 생각해요. 작가가 되도록 교육을 받은 이상 저는 작가가 되기 위한 최소한의 노력을 하지 않으면 안 돼요. 아저씨의 교육을 받기만 하고 그 길을 벗어나 사용하지 않는다면 옳지 않다고 생각해요. 그러나 제가 빚을 갚을 수 있게 된 지금 저는 그 빚을 일부분 갚아 버린 기분이 들어요. 또한 결혼 후에도 계속 작가 활동을 할 수 있을 것이라고 생각되어요. 이 두 직업이 반드시 상반되는 것은 아닙니다.

저는 이 문제를 내내 심각하게 생각해 보았습니다. 물론 그분은 사회주의자입니다. 그래서 그분의 사상은 관습에 물들어 있지는 않을 거예요. 아마도 그분은 누구보다도 결혼 상대자가 가난뱅이라는 것에 개의치 않을 거예요. 두 사람의 생각이 꼭 일치하고 함께 있으면 늘 행복하나 헤어져 있을 때 서로가 그리워진다면 그들 사이를 갈라 놓는 것은 이 세상에 존재하지 않을 거예요. 물론 저는 그렇다고 믿고 싶습니다!

그러나 저는 아저씨의 냉철한 의견을 듣고 싶습니다. 아저씨도 명문가의 한 분이시겠지요. 그러시면 동정적인 인도적 입장에서가 아닌 현실적인 관점에서 이 문제를 보아 주세요. 제가 이 문제를 아저씨 앞에 내놓다니 저도 참 용감하다고 할 수 있겠네요.

제가 그분한테 가서 문제는 지미가 아니라 존 그리어 고아원이라고 설명한다면 어떨까요?

그런데 그 일은 정말 죽어도 싫어요. 그렇게 하려면 엄청난 용기가 필요합니다. 저는 그러느니 차라리 비참한 여생을 보내는 게 낫다고 생각해요.

이 일은 근 두 달 전에 일어났었어요. 그분이 여기를 떠난 후 그분의 소식은 전혀 듣지 못했어요. 저는 이제 상심에 익숙해져 가고 있는데,

줄리아에게서 온 편지가 다시 저를 고통스럽게 해요. 줄리아는 아주 대수롭지 않게, 저비 도련님이 캐나다로 사냥을 가셨다가 밤새도록 폭풍우를 만나 폐렴에 걸려 앓고 있다고 전해 주었습니다.

그런데 저는 그 사실을 전혀 모르고 있었어요. 그분이 말 한마디 없이 사라져 버렸기 때문에 가슴 아팠어요. 제 생각에는 그분이 상당히 고통받고 있다고 생각해요. 저도 그런 걸요.

이럴 때 저는 과연 어떻게 처신해야 하나요?

주디 올림

10월 6일

사랑하는 키다리 아저씨께

네, 가고 말고요. 다음 주 수요일 오후 4시 반에 뵙겠습니다. 물론 길은 다 알아요. 저는 뉴욕에 세 번이나 가 봤으며, 이젠 어른이니까요. 제가 아저씨를 뵙게 되다니 믿어지지 않아요. 저는 너무 오랫동안 아저씨를 그저 막연하게 상상해 왔기 때문에 아저씨가 살아 있는 실제 인물 같지 않은 느낌이 들어요.

아저씨, 몸도 성하지 않으실 텐데 제 문제에 관해 이렇게 걱정해 주시니 너무나, 너무나 고맙습니다.

감기에 걸리시지 않도록 조심하세요. 가을비가 무척 구슬프게 내리는군요.

사랑을 보내면서

주디 올림

추신

갑자기 두려운 생각이 들었어요. 아저씨 댁에도 하인이 있지요? 저
는 하인이 무서워요. 하인이 문을 연다면 저는 계단에서 기절할지도 몰
라요. 하인에게 뭐라고 말해야 하나요? 저는 아직도 아저씨의 성함을
모르는 걸요. 스미스 씨를 만나 뵈러 왔다고 할까요?

목요일 아침

나의 가장 사랑하는 저비 도련님, 키다리 아저씨, 펜들턴, 스미스 씨
께

어젯밤 잘 주무셨어요? 저는 잠을 이룰 수 없었습니다. 한잠도 못 잤
어요. 저는 너무나 놀랐고, 흥분했고, 어리둥절했으며, 기뻤습니다. 저
는 다시는 잠을 잘 수 없게 될 것 같은 기분이에요. 또한 먹지도 못하고
요.

그러나 당신은 편히 주무셨기를 바랍니다. 당신은 충분한 수면을 취
하셔야만 해요. 그래야 더 빨리 회복되어 저한테 올 수 있게 될 테니까
요.

사랑하는 이여, 당신이 얼마나 고통받고 있었는지 생각만 해도 두렵

습니다. 그런데 그동안 저는 아무것도 모르고 있었습니다. 의사 선생님은 어제 내려와서 저를 차에 태워 주시면서, 사흘 동안은 당신이 살아날 가망이 없었다고 말해 주었습니다.

오, 님이여, 만약 그런 일이 정말 생겼더라면 이 세상의 빛은 저에게서 영원히 떠나 버렸을 거예요. 그 어느 날, 언젠가는 우리 둘 중 한 사람이 다른 사람보다 먼저 떠나게 될 것이지만, 그때에는 적어도 우리는 우리의 행복을 만끽했을 것이며 회상할 만한 추억이 남게 될 것입니다.

당신을 위로해 드리려고 했는데 대신 저 자신을 위로하지 않으면 안 되겠습니다.

왜냐하면 저는 꿈에도 생각하지 못할 정도로 더없이 행복한데도 불구하고 더 심각해져 있기 때문입니다. 당신에게 무슨 일이라도 일어나면 어쩌나 하는 두려움이 제 가슴에 검은 그림자를 드리우고 있습니다. 전에는 잃어버릴 귀중한 것이 없었기 때문에 언제나 명랑하고, 걱정 없고, 무사태평이었습니다. 그러나 이제는, 앞으로 남은 일생 동안 커다란 걱정거리를 갖게 되었습니다. 당신과 떨어져 있을 때면 언제나 당신이 교통 사고라도 당하지 않을까, 간판이 당신의 머리에 떨어지지는 않을까, 당신이 저 무시무시한 꿈틀거리는 세균들을 삼키지는 않을까 하고 걱정하게 될 것입니다. 저는 마음의 평화를 영원히 잃어버렸습니다. 그렇지만 저는 그저 단순한 평화는 결코 바라지 않습니다.

부디, 빨리, 빨리, 빨리 완쾌하시길 기원합니다.

저는 당신을 제 옆에 가까이 있게 하고 싶습니다. 그러면 제가 당신을 만져서 당신의 존재를 확실히 확인할 수 있게 되겠지요. 겨우 반시간밤에 함께 있지 못했어요! 저는 꿈이 아닌가 걱정이 됩니다. 만약 제가 당신의 친척이라면(아주 먼 팔촌이라도 좋습니다.) 매일 당신 집에 가서 책을 읽어 드리고, 베개를 돋우어 드리고, 당신 이마의 두 줄 난 잔주름살도 펴 드리고, 당신의 입가에 밝고 환한 미소도 띠게 할 수 있을 텐데요.

그렇지만 당신은 다시 명랑해지셨지요? 어제 제가 떠날 때는 분명 밝은 표정이셨어요. 의사 선생님은 당신이 10년이나 더 젊어 보인다면서 제가 유능한 간호사가 틀림없대요. 하지만 사랑하는 모든 연인들이 10년씩이나 더 젊어진다면 곤란해요. 만약 제가 열한 살배기 소녀로 돌아간다면 그래도 당신은 저를 좋아하시겠어요?

어제처럼 경이로 가득 찬 날은 다시는 없을 거예요. 제가 아흔아홉 살이 된다 하더라도 어제의 일은 사소한 것도 다 빠짐없이 기억하고 있을 거예요.

새벽에 록 윌로 농장을 떠났던 소녀가 밤에 돌아올 때는 완전히 다른 사람이 되었습니다.

샘플 부인이 새벽 4시 반에 깨웠어요. 제가 어둠 속에서 눈을 번쩍 떴을 때 제일 처음 제 머리에 떠오른 생각은 '나는 키다리 아저씨를 만나러 간다!'는 것이었습니다. 저는 부엌에서 촛불을 켜 놓고 아침을 먹은 다음 찬란한 색채로 물들어 있는 시월의 풍경을 보며 역까지 5마일을 마차를 타고 갔습니다. 도중에 해가 떴는데, 그 빛에 단풍나무와 산수유나무가 빨간색과 오렌지빛으로 반짝이고 돌담과 옥수수밭은 하얀 서리로 빛나고 있었어요. 공기는 차고, 맑고, 산뜻했습니다. 저는 무슨 좋은 일이 있을 것을 알았습니다.

기차를 타고 가는 동안 선로가 내내 "너는 키다리 아저씨를 만나러 가는 중이야."하고 노래하고 있는 것처럼 들렸어요. 그래서 저는 마음이 든든해졌지요. 저는 키다리 아저씨가 일을 잘 처리할 수 있는 능력을 갖고 있다고 확신했어요. 또한 저는 어딘가에서 다른 남자가, 키다리 아저씨보다 더 사랑스러운 분이 저를 보고 싶어하고 있음을 느꼈어요. 그리고 여행이 끝나기 전에 제가 그분도 만나게 될 것이라는 예감이 들었어요. 그런데 그 예감은 틀리지 않았어요.

제가 매디슨 댁에 도착해서 보니, 그 집은 너무나 크고 웅장해서 감히 들어갈 엄두가 나질 않았어요. 그래서 저는 용기를 내기 위해 주위를 한 바퀴 돌고 왔어요. 그러나 조금도 겁낼 필요가 없게 되었지요. 당신의 집사는 아주 친절한 아버지와 같은 노인이어서 저는 곧 마음을 푹 놓았습니다. "애버트 양이십니까?" 하고 집사가 저에게 물어서 "네." 하고만 대답했습니다. 그래서 제가 스미스 씨를 만나러 왔다는 말을 하지 않아도 되었지요.

그 집사는 저를 응접실에서 기다리라고 말했어요. 응접실은 어두컴컴하고 웅장한 것이 남자의 방 같았어요. 저는 화려한 커버가 씌워진 커다란 의자 끝에 앉아 한참 동안 중얼거렸어요.

"나는 키다리 아저씨를 만난다! 나는 키다리 아저씨를 만난다!"

얼마 안 되어 집사가 다시 돌아와서 2층 서재로 올라가라고 말했어요. 저는 지나칠 정도로 흥분되어 다리가 후들후들 떨려 걸어갈 수가 없었어요. 문 앞에 이르자 집사는 돌아보면서 "주인님은 몹시 앓고 계십니다. 오늘 처음으로 일어나 앉아도 좋다는 허락을 받았어요. 그분을 흥분시킬 정도로 오래 앉아 계시면 안 됩니다." 하고 나직한 목소리로 말했지요. 저는 집사가 말하는 태도로 보아 당신에 대한 그분의 사랑을 알 수 있었어요. 그리고 집사가 아주 좋은 사람이라고 생각했어요.

그러고 나서 집사는 노크를 하고 "애버트 양이십니다." 하고 말했습니다. 제가 들어선 후 문은 뒤에서 닫혔습니다.

밝게 조명된 홀에서 들어갔기 때문에 서재 안이 너무 어두워서 잠깐 동안 저는 아무것도 분간할 수 없었어요. 그러나 난로 앞에 있는 큰 안락의자와 번쩍이는 티 테이블과 그 옆에 조금 작은 의자가 보였습니다. 그다음에는 한 남자가 무릎을 담요로 덮은 채 베개로 머리를 받치고 큰 의자에 앉아 있는 것을 볼 수 있었습니다.

제가 말릴 사이도 없이 그분은 조금 비틀거리면서 일어나더니 의자 등에 의지하고 말없이 저를 바라보았습니다.

그때 그 순간 그분이 당신이라는 것을 알았어요!

그러나 그때도 저는 알아차리지 못했어요. 저는 키다리 아저씨가 저를 놀라게 해 주려고 당신을 그곳에 오게 한 것인 줄 알았어요.

그러자 당신이 웃으면서 손을 내밀고 "귀여운 주디, 내가 키다리 아저씨라는 것을 짐작 못했어?" 하고 말했지요.

그 순간, 모든 것이 번개처럼 스쳐 갔습니다.

오, 저는 너무나 바보스러웠지요! 조금만 신경을 써서 생각했더라면 알아낼 수 있었던 일이 수도 없이 많았는데. 저는 결코 명탐정은 못되겠지요?

키다리 아저씨, 아니 저비, 어떻게 부를까요? 그저 저비라고 부른다면 예의에 어긋날 것 같은데 저는 당신한테 그럴 수는 없어요! 의사 선생님이 와서 저를 가라고 할 때까지 30분간은 너무나 달콤했어요.

저는 정신이 멍해서 역에서는 세인트루이스행 기차를 탈 뻔했어요. 그런데 당신도 왠지 멍해 있었어요. 저에게 차를 권하는 것도 잊고 있었지요.

그러나 우리는 정말, 정말 행복해요. 그렇지요? 제가 역에서 록 윌로 농장으로 마차를 타고 돌아갈 때는 이미 땅거미가 진 후였어요. 그러나 오, 별들은 참으로 아름답게 반짝였어요!

오늘 아침 저는 콜린을 데리고 당신과 제가 함께 갔던 곳들을 모두 돌아다니면서, 당신이 한 말과 당신의 모습을 돌아보았어요. 오늘은 숲이 청동색으로 빛나며, 공기는 서리로 가득 차 있습니다. 등산하기에 딱 알맞은 날씨입니다.

당신이 여기 계셔서 저와 함께 등산을 하면 정말 좋을 텐데요.

사랑하는 저비, 당신이 보고 싶어 견딜 수 없어요.

그러나 이렇게 그리는 마음도 지금은 행복합니다. 우리는 곧 함께 지내게 될 테니까요. 우리는 이제 거짓으로 위장된 것이 아닌 진정 서로의 것입니다. 제가 드디어 누구의 것이 된다는 것이 야릇하지 않아요? 제가 누구의 것이 된다는 것은 아주, 아주 달콤한 느낌입니다.

그리고 저는 잠시도 당신을 슬프게 하지 않을 거예요.

영원히 당신의 것인

주디 올림

추신

이것은 제가 태어나서 처음으로 써 본 연애편지입니다. 제가 이런 것
을 다 쓰다니, 참 우습지요?

작가와 작품 해설

진 웹스터의 생애와 작품 세계

진 웹스터(Jean Webster)는 1876년 7월 24일 뉴욕의 프레도니아에서 부유한 출판업자인 찰스 웹스터와 마크 트웨인의 조카인 애니 사이에서 맏딸로 태어났다. 진 웹스터는 필명이며, 본명은 앨리스 제인 챈들러 웹스터(Alice Jean Chandler Webster)이다.

1896년에 빙엄턴 시의 여학교를 졸업한 그녀는 배서 여자 대학에 진학, 영문학과 경제학을 전공하고 1901년에 문학사가 되어 졸업했다. 이 대학이 바로 그녀의 대표작인 『키다리 아저씨』의 주인공 주디와 샐리가 다니는 대학의 모델이기도 하다.

진 웹스터는 배서 여자 대학 재학 중에 교내 신문과 잡지에 소설, 시,

수필을 실을 정도로 문학적 재능이 뛰어났다. 또한 경제학 연구와 사회학 공부를 위해 교도소와 소년원, 고아원을 견학하고 그 실태를 알아볼 정도였다. 『키다리 아저씨』는 그 시절의 경험과 지식을 바탕으로 이루어진 작품이다. 그녀는 당시의 경험을 작품화했을 뿐만 아니라, 고아원 구제와 교도소 개선을 위한 특별 위원이 되어 불행한 사람들을 위한 일에도 힘썼다.

그녀는 1915년 9월 7일에 변호사 글렌포드 매키니와 결혼해서 매사추세츠 주의 버크셔 언덕에 있는 티링컴 별장에서 남편과 같이 행복하게 지냈는데, 이듬해 6월 40세 되던 해 첫아이인 딸을 낳고 이틀 만에 세상을 떠났다.

그녀는 문학적 재능이 뛰어났지만 쉽게 문단에 등단하지는 못했다. 1912년 그녀의 나이 36세에 이르러서야 출판된 『키다리 아저씨』를 통해서야 비로소 큰 명성을 얻게 되었으니 말이다.

이 작품은 사회복지 이론을 바탕으로 하여 사회적으로 무시를 당하고 버림을 받은 사람들 중에도 유능한 사람이 얼마든지 있을 수 있다는 그녀의 신념을 흥미 있게 파헤친 작품이다. 그 뒤 1914년에 이 작품은 희곡으로 각색되어 뉴욕에서 상연되었으며, 대호평을 받아 3백 회나 상연하게 된다. 그리고 1919년에는 퍼스트 내셔널 회사가 영화로 제작하여 더욱 유명해진다. 1931년에 토키 영화로 다시 제작되었으며, 1955년에는 20세기 폭스 사에 의해 뮤지컬로 제작되기도 하였다.

진 웹스터는 1903년 『대학에 간 패티(When Patty Went to College)』라는 소설로 문단의 주목을 끌기 시작했고, 그 후 1905년 『보리공주

(The Wheat Princess)』, 1908년 『네 풀의 비밀(Four-Pools Mystery)』, 1909년 『피터의 소동(Much Ado About Peter)』, 1911년 『패티는 옳다(Just Patty)』, 1914년 『에이자 캐플리(Asa Caplay)』 등 다수의 작품을 발표한다. 그러나 아쉽게도 그녀의 이러한 문학적 재능은 짧은 생으로 인해 충분히 발휘되지 못하고 말았다.

작품 줄거리 및 작품 해설

『키다리 아저씨』는 출판된 당시에는 일종의 사회개혁적인 경향의 소설이었으나, 오늘날은 이 소설에서 그런 의미는 그다지 강하게 느껴지지 않는다. 다만 『키다리 아저씨』가 오랜 세월을 두고 젊은이들에게 애독되는 것은 이야기가 처음부터 끝까지 따뜻한 애정이 흐르고, 유머가 넘치고, 주인공의 선의와 용기와 노력이 독자들에게 공감을 안겨 주기 때문이다.

『키다리 아저씨』는 주디가 키다리 아저씨에게 보내는 편지 형식으로 되어 있는데, 이러한 형식이 작품의 성공 요인 중 하나이다.

주디란 애칭을 가진 주인공 제루샤 애버트는 고아로서, 부모도 모르고 형제도 없는 17세의 소녀다. '애버트'란 전화번호부 첫 페이지에서, '제루샤'는 어느 무덤의 비석에서 따온 것으로 고아원 원장이 붙인 이름이다.

주디가 고아원에서 나가 자립해야 할 시기가 찾아왔을 때 그녀에게

뜻밖의 행운이 찾아온다. 수요일마다 고아원을 찾아오는 후원회의 한 이사가 『우울한 수요일』이란 그녀의 작문을 보고 문학적 재질을 인정하여 그녀를 대학에 보내 주겠다고 제안한 것이다. 그 제안에 대한 조건으로 주디는 학업과 대학 생활에 대한 자세한 기록을 편지를 통해 매달 한 번씩 그에게 알려야 했다. 그 편지를 통해 주디의 대학 생활이 이야기로 엮어지게 된다.

이야기는 주디의 대학 생활로부터 시작된다. 편지 내용은 꽃다운 나이의 아가씨가 보내는 대학 생활의 이야기와 거기에 얽힌 사연이 주를 이룬다. 태어나서 처음으로 고아원 밖의 세계를 접하게 된 그녀는 샐리, 줄리아 등 부유한 동급생들과 우정을 맺는다. 그녀는 보는 것, 듣는 것 등 모든 것에 놀라움과 흥미를 느끼고 그러한 자신의 감정을 실어 편지에 기록한다.

주디가 한 가지 궁금하게 생각하고 안타깝게 여기는 것은 자기에게 장학금을 대주는 독지가가 누구인지 이름도 얼굴도 전혀 모른다는 사실이다. 고아원 원장이 중간에 나서서 모든 것을 처리하기 때문에 주디는 존 스미스란 그의 가명밖에 알 도리가 없었다. 주디는 이 가명이 마음에 들지 않아, 우연히 한 번 본 독지가의 다리 그림자가 무척 길었던 것을 생각하고 '키다리 아저씨'란 애칭으로 그에게 열심히 편지를 보낸다.

그동안 주디는 동급생 줄리아의 아저씨 저비, 즉 저비스 펜들턴 씨와 알게 되어 점점 친숙하게 지낸다. 30세 가량 된 이 청년의 출현과 풍채로 독자는 이 사람이 키다리 아저씨가 아닌가 직감하게 된다. 특히 샐리의 오빠 지미에 대한 키다리 아저씨의 민감한 반응이 그 점을 뒷받침한다. 그러나 주디 자신은 그것을 전혀 눈치채지 못한다. 펜들턴 씨를 어디까지나 친구의 아저씨, 자기와는 신분이 아주 다른 사람으로 여기고 존경하고 따른다. 그리고 그와 만나 나눈 이야기, 그에게 품고 있는 숨은 애정과 고민 등을 키다리 아저씨에게 정직하게 보고한다.

키다리 아저씨 역시 주디에 못지않은 고민을 한다. 그로서는 아무 반응도 보일 수 없었다. 주디로부터 구구절절 외롭다는 호소를 받고 박정하다는 비난을 받아도 묵묵무답일 수밖에 없는 내심의 고민이 있다. 부유하고 유망한 청년과 가엾은 외로운 고아, 즉 주는 자와 받는 자가 이 소설에서는 똑같은 괴로움을 맛보는 것이다.

소설의 말미에 가서야 키다리 아저씨의 정체가 드러난다. 병들어 누운 존 스미스 씨를 문병하러 간 주디가 그제야 펜들턴 씨가 키다리 아저씨였음을 알게 된 것이다. 병 문안을 하고 난 주디는 그에게 보낸 마지막 편지의 추신을 이렇게 끝맺는다. "이것은 제가 평생 처음 써 본 연애편지입니다. 제가 이런 것을 다 쓰다니, 참 우습지요." 이렇게 해서 『키다리 아저씨』는 주디와 키다리 아저씨의 결혼으로 끝나게 된다.

대호평을 받은 『키다리 아저씨』는 다시 속편으로 간행되는데, 이 속편은 전편의 이야기를 이어받아 주디의 친구 샐리가 주인공으로 이야기에 등장하게 된다. 행복해진 주디는 남편 저비스의 권유로 존 그리어 고아원을 정결하고 건전한 시설로 개조하기 위해서 새 원장으로 대학 동창인 샐리 맥브라이드를 데려온다. 바로 그 속편의 이야기가 『친애하는 적(Dear Enemy)』이다. 이 이야기는 『키다리 아저씨』의 속편으로서 『키다리 아저씨』에 못지않게 잘 쓰여진 작품으로 평가받고 있다.

고아원에 대한 소상한 묘사나 대학 교육에 대한 수준 높은 내용 서술은 작자의 경험과 인연이 없지 않다. 사회사업에 뜻을 두고 빈민가와 범죄자 수용소를 찾아다니며 사회문제에 깊은 관심을 갖게 된 그녀의 행적과, 미국에서도 손꼽히는 명문 여자 대학인 배서 대학에서의 엄격한 기숙사 생활과 밀도 있는 교육 내용이 이 소설을 낳게 한 계기가 된 것이다. 결국 이 소설은 "의지할 곳 없는 고아라도 적당한 기회를 주면 스스로 자신을 키워 아름다운 인생을 보낼 수 있다."는 그녀의 신념이 바탕을 이룬 것이라 하겠다. 그래서인지 청소년에게는 여전히 필독서가 되고 있다.

작가 연보

1876년   뉴욕 주의 서쪽 경계에 가까운 프레도니아에서 아버
               지 찰스 루더 웹스터와 어머니 애니 모페트 웹스터 사
               이의 맏딸로 7월 24일 태어남. 본명은 앨리스 제인 챈
               들러 웹스터.

1896년(20세)   뉴욕 주의 빙엄턴에 있는 기숙학교 레디 제인 그레이
               를 졸업하고 배서 여자 대학에 입학함.

1897년(21세)   포키프 시의 신문에 통신기사를 기고함.

1899년(23세)   대학의 문예지 《Vassar Miscellany》에 단편소설을 발
               표함. 영문학과 경제학을 전공함.

1900년(24세)   특히 빈민 구제와 고아원 탐방으로 사회문제에 관심
               을 기울임.

1901년(25세)   대학 졸업, 문학사가 됨. 잡지 등에 기고하며 작가로
               서 독립함.

1903년(27세)   급우이며 시인인 아데레이드 크랩시를 모델로 한 『대
               학에 간 패티(When Patty Went to College)』를 재학
               중에 연속 출판함.

1905년(29세)   『보리공주(The Wheat Princess)』를 발표함.

1906년(30세)   세계 각지를 여행함. 특히 이탈리아에 오래 머물면서
               취재한 『제리 주니어(Jerry Junior)』를 발표함.

1908년(32세) 귀국 후 익명으로 『네 풀의 비밀(Four-Pools Mystery)』을 발표함. 이 무렵부터 뉴욕 시의 글리니치 빌리지 가까이로 옮겨 살면서 사회사업에 헌신적으로 종사함.

1909년(33세) 『피터의 소동(Much Ado About Peter)』을 발표함.

1911년(35세) 『패티는 옳다(Just Patty)』를 발표함.

1912년(36세) 『키다리 아저씨(Daddy Long Legs)』를 발표하여 호평을 받음.
『에이자 캐플리(Asa Caplay)』를 발표함.

1914년(38세) 『키다리 아저씨』가 연극으로 상연됨. 이 무렵부터 원작자의 번역판이 독일, 프랑스에서 나오기 시작했다.

1915년(39세) 『키다리 아저씨』의 속편인 『친애하는 적(Dear Enemy)』을 발표함. 9월에 변호사 글렌포드 매키니와 결혼하여 뉴욕 주의 센트럴 파크 소재 아파트에서 살다가 매사추세츠 주 티링검에 별장을 갖고 가축을 사육하며 생활함.

1916년(40세) 만 40세가 되기 약 한 달 전인 6월 11일 딸을 낳고 이틀 만에 목숨을 잃음.